우리 이제 낭만을 이야기합시다

우리 이제 낭만을
이야기합시다

김도훈 지음

whale books

서문   위악적이지만 필요한 것이 있다

정우성을 만났다. 유엔난민기구 친선대사로서 만났다. 나는 물었다. "배우로서의 다음 행보도 궁금합니다." 의례적인 질문이었다. 정우성은 말했다. "우리는 이제 낭만을 이야기해야죠." 놀랄 정도로 낭만적인 답변이었다. 나는 낭만이라는 단어에 대해 생각하기 시작했다. 2019년에 낭만은 꽤 낡은 단어처럼 느껴진다. 누구도 낭만이라는 말을 쉽게 입에 올리지 않는다.

  편집자는 내 글에 낭만이 있다고 말했다. 이 책의 제목이 정우성의 흔쾌한 허락으로 '우리 이제 낭만을 이야기합시다'로 정해진 날, 나는 스스로 물었다. 나는 낭만적인 사람인가? 내 글에는 낭만이 있나? 나는 낭만이라는 단어에 도통 자신이 없었다. 어느 날 밤 나는 골똘히 낭만을 생각해봤다. 낭만의 사전적 정의는 '현실에 매이지 않고 감상적으로 이상적으로 사물을 대하는 태도나 심리, 또는 그런 상태'다.

사전적 의미를 되새기며 주변을 둘러봤다. 아파트 9층에서 내려다보는 도시는 거슬리는 불빛과 소음이 가득했다. 그 속에서 어쩌면 나는 있는 힘껏 낭만을 추구하며 살아왔던 것도 같다. 집안 곳곳에 있는 쓸모없는 물건들을 사들이는 것도 낭만이었다. 베이글을 사 먹으며 지난 연인을 떠올리는 것도 낭만이었다. 친구와 함께 먹은 '어젯밤의 카레'를 기억하며 살아가는 것도 낭만이었다. 《김찬삼의 세계여행》을 문득문득 꺼내 보는 것도 낭만이었다. 하늘을 올려다보며 우주에서 죽은 개를 떠올리는 것도 낭만이었다. 결국, 나는 부끄러울 정도로 고색창연하게 낭만을 추구하며 살아왔을지도 모르겠다.

이 책에는 내가 30대 중반부터 40대 중반까지 쓴 글들이 뒤엉켜 있다. 나는 17년을 글을 쓰는 업을 하며 살았다. 영화에 대해서 썼다. 사람에 대해서 썼다. 옷에 대해서 썼다. 물건에 대해서 썼다. 정치에 대해서 썼다. 때로는 발로 뛰며 글을 써냈다. 그중 솎아낸 글들이 이 책에 고스란히 들어 있다. 나는 내 글을 온전히 사랑할 수 있는 성격의 인간은 아닌 것이 틀림없다. 여전히 나는 책을 낸다는 것이 부끄럽다. 그럼에도 불구하고, 나는 이 책에 있는 몇몇 글들을 자아도취적으로 아낀다는 걸 고백해야겠다. 내 삶의 몇몇 조각들을 있는 그대로 오려내어 피식피식 웃듯이 던진 글들이기 때문이다. 그러니 이 책은 괜찮음과 안 괜찮음 사이에서, 품격과 허영 사이에서, 쓸모와 쓸모없음 사이에서, 옳음과 현실 사이에서 갈지자걸음을 걸으며 신경질적인 도시를 견뎌낸 기록에 가까울 것이다.

다만 여기서 위로를 찾으려는 독자들은 문장 사이를 헤매다가 신경질적인 농담에 고개를 저을지도 모르겠다. 나는 아주 못된 농담에 능한 사람이어서 도통 누군가를 위로하는 일에 서툴다. 나는 누군가를 위로하기 위해 글을 쓴 적은 단 한 번도 없다. 그건 내가 꽤 이기적인 인간이기 때문이기도 하다. 만약 이 책의 몇몇 구절들에서 위로를 받는 독자가 있다면, 그건 자신에게 보내는 위로에 동의하기 때문일 것으로 생각한다. 자신에게 보내는 위로라는 건 다소 위악적으로 낭만적인 행위다. 위악적이지만 필요한 행위다. 결국, 우리는 궂은 비 내리는 날 옛날식 카페에 앉아 도라지 위스키 한 잔에다 짙은 색소폰 소릴 듣지 않더라도 끝끝내 낭만이라는 단어를 놓지 않고 살아가는 일이 필요할지도 모른다.

당연하게도 이 책은 혼자 만든 것이 아니다. 책이 세상에 나올 수 있게 만든 웨일북의 김남혁 편집자에게 감사한다. 책이 나오는 것을 응원한 친구들, 나에게 칼럼들을 맡겨 준

많은 매체의 에디터들에게 감사한다. 멋진 추천사를 써주신 윤여정 선생님, 정재승 교수님, 변영주 감독님께도 마음으로부터의 깊은 감사를 드리고 싶다. 무엇보다도 부모님과 동생, 그리고 내 고양이 한솔로에게도 감사한다. 그들이 없었더라면 이 책은 영원히 파편화된 활자로만 컴퓨터 속에 남아 있었을 것이다.

고백하자면, 내가 최초로 주장했던 책 제목은 '나는 포르쉐를 사야 했다'였다. 책의 첫 챕터에 실린 첫 번째 글 제목이다. 이 책이 잘 팔리면 그 글의 제목처럼 포르쉐를 살 예정이다. 고속도로를 낭만적인 속도로 밟을 것이다. 지금쯤 당신은 이렇게 생각하고 있을지도 모르겠다. "책을 팔아서 잘도 포르쉐를 사겠네!" 당신이 옳다. 나는 아마도 포르쉐를 사지 못할 것이다. 뭐 어떤가. 당신이 이 책을 읽으며 고양이가 내뱉은 털 뭉치만 한 낭만이라도 건져 올린다면 나는 포르쉐를 사지 않고도 충분히 행복할 것이다.

2019년 3월
김도훈

차례

2부_품격과 허영 사이에서

3부_쓸모와 쓸모없음 사이에서

4부_옳음과 현실 사이에서

1부 ————————————————

괜찮음과
안 괜찮음

사이에서

나는　　포르쉐를 사야 했다

아버지는 외항선 선장이었다. 중학생이 될 때까지는 일 년에 두 달을 볼 수 있을까 말까 한 남자였다. 70년대와 80년대에 외항선 선장은 꽤 괜찮은 직업이었다. 아버지 얼굴을 자주 볼 순 없었지만 그가 사다 준 장난감은 방에 하나씩 쌓여갔다. 특히 좋아했던 것은 저절로 움직이며 소리를 내는 로봇이었다. 머리를 빙글빙글 돌리며 광선 총 쏘는 소리를 냈다. 동네 아이들이 로봇을 보러 집으로 놀러 왔다. 나는 의기양양하게 친구들에게 과시하곤 했다.

가히 성공적인 유년기였다. 물론 내가 그 어린 나이에 머릿속으로 '성공적인 유년기군' 하고 생각했던 것은 아니다. 나는 조숙한 아이였지만 그렇게까지 조숙할 수는 없는 일이니까 말이다. 다만 어린 나이에도 이 많은 일제 장난감을 사다 주는 아버지는 정말 성공한 남자일 거라고 생각했던 것 같다. 모든 아이의 눈에 아버지는 언제나 성공한 남자다. 커다란 손으로 당신을 잡고 들어 올린다. 그 손은 굵고, 투박하고, 거칠고, 힘차다. 내 아버지의 손도 그랬다.

아버지는 내가 중학교에 가자 육상에서 일하기 시작하셨다. 해운회사를 경영하며 자신과 같은 선장들을 전 세계 곳곳으로 보냈다. 그것 역시 강인한 일이었다. 집에 첫 차가 생겼을 때는 환호성을 질렀다. 이제 아버지는 로봇 장난감이 아니라 엄청난 마력으로 네 식구를 어디든지 태우고 다니는 거대한 기계를 집으로 가져오는 남자였다. 그 시절 자동차 앞에서 찍은 우리 식구의 사진은 어쩌면 당신이 헌책방에서 《가족생활》이라는 잡지를 발견한다면 그 표지에 더없이 어울리는 것이었을 테다.

나는 지금 마흔세 살이다. 내가 갓 중학생이 됐을 때 아버지의 나이가 됐다. 나는 혼자 산다. 일을 끝내고 집에 돌아오면 아파트에는 고양이 한 마리가 있다. 어느 날 저녁 나는 소파에 누워 생각했다. 이 삶은 이제 어디로 흘러가는 거지? 아버지는 내 나이에 두 아이와 집과 차가 있었다. 유년기의 나는 아마도 아버지처럼 나이가 들 거라고 상상했을 것이다. 중년 이후 아이를 키우면서 보상받는 삶 말이다. 인생은 유년기 머릿속 계획처럼 흘러가지 않는다. 지금 내 삶은 아버지와 완벽하게 달라지고 멀어졌다.

〈사랑도 통역이 되나요?〉는 중년의 위기에 대해 내가 가장 좋아하는 영화 중 하나다. 빌 머레이가 연기하는 주인공 밥은 할리우드 스타다. 그는 위스키 광고를 찍기 위해 도쿄에 간다. 그리고 스칼렛 요한슨이 연기하는 20대 여성 샬롯을 만난다. 샬롯은 호텔 바에서 밥에게 묻는다.

"중년의 위기를 겪으시나 봐요. 포르쉐는 사셨어요?"

나는 이 영화를 30대 초반에 봤다. 샬롯의 대사를 제대로 이해할 수는 없는 나이였다. 중년의 위기를 극복하기 위해 왜 포르쉐를 사야 하는 거지? 대사를 온전히 이해할 수 없으면서도 웃는 척을 했다. 그저 '중년이란 새로운 사춘기 같은 것인가 보다' 싶었을 따름이다.

사람에게는 어느덧 중년이 온다. 삶의 여정을 절반 정도 지나온 시점에 잠깐 멈춰서서 스스로 묻는다. 난 성공한 걸까? 이제 나는 저 대사를 어느 정도 이해한다. 어떤 중년은 차를 산다. 젊고 야하고 번드르르한 차를 산다. 그것으로 자신의 삶을 보상받을 수 있다는 생각에서다. 그러나 그건 성공한 삶인가?

잡지사에 다니던 친구는 나에게 가장 진행하기 힘든 코너가 성공한 사람들에 대한 기사라고 말했다. 이를테면, 청담동의 근사한 회원제 바에 스탠퍼드나 하버드 출신의 성공한 남자들이 슈트를 입고 등장하는 그런 코너들 말이다. 성공한 남자들이 모여서 사진을 찍는다. 그들은 자신들의 성공을 사회에 환원하기 위해 애쓴다고 인터뷰에서 말한다. 친구는 불평했다.

"인터뷰를 하고 화보를 찍으면서도 그게 성공한 삶인지 잘 모르겠어. 성공한 사람들이 성공에 대해서 말하는 것을 옮겨 싣는 것만큼 무의미한 건 없는 것 같아."

그러게. 우리는 성공한 사람들이 성공에 대해서 하는 말을 듣고 본다. 스티브 잡스는 "인생에 한계는 없다. 이루고 싶은 위치까지 도달하라. 모두 당신의 마음에 달려 있다"라고 말했다. 사람들은 이 말을 소셜미디어에 싣고 나른다. 그러나 우리는 스티브 잡스가 아니다. 당신이 스티브 잡스가 되는 날도 거의 찾아오지 않을 것이다. 잡스는 잡스이기 때문에 그런 말을 할 수 있었다.

페이스북에 "이 나이가 되어도 성공의 의미가 무엇인지 잘 모르겠다"라고 썼더니 많은 댓글이 달렸다. "스스로 성공했다고 생각하면 성공한 것"이라는 답변이 있었다. "빚 갚는 것"이라는 댓글도 있었다. 가장 많은 댓글은 "하기 싫은 건 안 해도 되는 삶"이었다. 옳은 말이다. 하고 싶은 것을 하는 삶을 성공이라고 일컫는다면, 세상은 성공한 자로 넘칠 것이다. 중요한 것은 하기 싫은 일은 하지 않는 삶일 것이다. 그런 삶은 극히 소수에게만 주어진다. 하기 싫은 일은 하지 않을 수 있는 삶을 살아가는 사람은 그리 많지 않을 것이다. 그래서 당신은 책방에 가서 당신을 위로할 만한 책을 대신 고르고 있을지도 모른다.

　대형 서점 가판대에는 위로의 에세이집이 넘친다. 빠르게 살지 말고 천천히 살라고 한다. 남이 아니라 자신에게 성공의 의미를 부여하라고 말한다. 잠깐 멈춰서라고 제의한다. 사회적 의미의 성공 따위에 목을 매지 말라고 말한다. 어차피 우리는 아버지 세대처럼 성공할 수 없다. 수명은 길어졌다. 아파트 가격은 올랐다. 아이를 키우는 비용은 더 올랐다. 직장은 불안정해졌다. 마흔 살의 나이에 자기 집을 갖고 두 아이를 풍족하게 키우며 일흔 살까지 보장된 직장에 다닐 수 있는 시대는 막을 내렸다. 그러니 우리 손에 있는 건 위로의 문구로 가득한 에세이집뿐이다.

　다행히도 나는 집을 샀다. 마포에 있는 트리플 역세권 아파트다. 분양을 받는 데 성공하는 순간 환호를 질렀다. 나는 마흔이 되자 서울에 부동산을 갖춘 직장인이 됐다. 모두가 말했다. 바로 그게 성공이라고. 나는 곧 수많은 가구로 아파트를 채우기 시작했다. 성공한 사람이 되려면 가구도 남달라야 했으니 이름이 꽤 있는 북유럽, 일본 가구들을 하나씩 들이기 시작했다. 그리고 집을 완성했다. 하지만 아무리 채

워도 채워지지 않았다. 어느 날 나는 바람이 솔솔 들어오는 아파트에 누웠다. 아, 이게 바로 중년의 위기라는 건가? 포르쉐를 사야 하나?

나는 누군가의 조언을 듣고 병원을 찾아갔다. 한 번도 가보지 못한 장소에 가보고 싶은 글쟁이의 어떤 직업 정신 때문이기도 했다. 나는 병원에 모인 사람들의 얼굴을 몰래 훔쳐봤다. 외로움이 덕지덕지 묻어 있는 얼굴들을 해석해보려 애썼다. 상담실에 들어가서 그냥 의례적인 말을 했다.

"인생의 의미를 모르겠습니다."

정말로 이런 말을 했다는 게 믿기지 않겠지만, 나는 정말로 저 질문을 던졌다. 의사라면 대답해줄 수 있을 것 같았다. 의사가 말했다.

"너무 잘하려고 애쓰시는 게 문제가 아닐까요?"

나는 거기에 아무런 답도 할 수가 없었다. 지금까지 나는 너무 잘하려고 애쓰는 삶이 곧 성공한 삶이라고 믿었다. 주변을 둘러보면 모두 그런 사람들뿐이었다. 발버둥을 치지 않는 사람이 성공한 경우는 거의 본 적이 없었다. 나는 의사에게 말했다.

"다들 잘하려고 애쓰지 않나요?"

의사는 말했다.

"그렇죠. 하지만 그게 지나치면 독이 되지요."

뻔한 말이었다. 일리가 없는 건 아니었다. 그건 이상하게 위로가 됐다.

20대 시절 나에게 바이블 같은 영화는 〈트레인스포팅〉이었다. 여전히 젊은 모습 그대로의 이완 맥그리거는 이렇게 외친다.

"인생을 선택해. 직업을 선택해. 가족을 선택해. 엄청 큰 TV를 선택해, 세탁기, 자동차, 컴퓨터를 선택해. 건강하게 살고, 낮은 콜레스테롤에 치과 진료도 잘 받는 삶을 선택해. 고정금리 모기지를 선택해. 가정을 꾸밀 것을 선택해. 친구들을 선택하고, 어떤 레저 웨어를 입을지 선택하고, 수많은 재질 중 뭐로 양복을 맞출지도 선택해."

나는 인생을 선택했다. 직업을 선택했다. 반려동물과의 삶을 선택했다. 70인치 TV를 선택했다. 삼성 세탁기와 애플 컴퓨터를 선택했다. 건강을 염려하고, 치과 진료도 정기적으로 받는 삶을 선택했다. 주택청약저축으로 분양받은 아파트에 사는 삶을 선택했다. 그건 정말 성공한 삶인가?

나는 이 질문을 나에게 던지는 대신 타인에게 던지는 일이 잦아졌다. 직원을 채용해야 하는 면접 자리에서도 마치 인류학자가 된 기분으로 이런 질문을 던졌다.

"십 년 뒤의 당신은 뭘 하고 있을 것 같아요?"

여기에 대한 최고의 대답은 "여전히 여기서 열정적으로 일하고 있을 것 같습니다"는 아니다. 함께 성장할 수 있는 사람을 뽑는 것이 면접의 목적이지만, 나는 그보다는 좀 더 솔직한 말을 듣고 싶었다. 예전에 다니던 직장의 선배는 같은 질문을 던진 뒤 거창한 답변을 내놓는 사람보다는 "어디서 토스트 집 하고 있을 것 같아요"라고 대답한 사람을 뽑는다고 했다. 20~30대 시절엔 그게 무슨 의미인지 몰랐다. 이제는 알 것도 같다. 하지만 토스트 집은 넘친다. 치킨 집도 넘친다. 뉴스는 이제 100세 시대를 준비하라고 다그친다.

나는 어느 토요일 아침에 일어나자마자 프렌치토스트를 구웠다. 노릇노릇하게 빵을 구워 달걀 물을 입히고 설탕을 발랐다. 입에 넣자마자 토스트는 흐물흐물하게 무너졌다. 토스트 집을 할 수는 없는 노릇이다. 이렇게 맛이 없는 토스트를 만드는 사람에게 그런 사업은 무리다. 어쩌면 나는 포르쉐를 사야 했을지도 모르겠다. 성공은 때로는 약간의 과하고 허무한 소비로서 채워지는 걸지도 모른다. 그러니까 결국, 포르쉐를 사야 했다.

우리 이제 낭만을 이야기합시다

상담을 받았다

상담을 받으러 갔다. 어느 날 밤 문득 '가야겠다'고 읊조렸다. 우울함은 우울함이라고 생각했다. 사람은 종종 우울해진다. 그건 햇빛을 받지 못하는 겨울에 자주 벌어지는 일이다. 나는 수많은 순간에 '우울해'라고 스스로 말해왔다. 이번에는 달랐다. 마음이 심연까지 떨어져 내리는 기분이었다. 심연에 부딪힌 내 마음은 심연의 바닥을 긁어대기 시작했다. 마음의 손가락에서 피가 철철 흘렀다.

나는 자존감이 강한 사람이었다. 누군가에게 작은 우울함과 슬픔의 사인도 보내고 싶지 않았다. 극복할 수 있다고 생각했다. 극복해야만 했다. 한 직장의 리더로서 나약함을 내보일 수는 없었다. 오판이었다. 자신을 더 강한 사람으로 보이고 싶어 할 때마다 마음은 점점 더 약해졌다. 나를 가장 잘 아는 사람들에게도 말할 용기가 나지 않았다. 그렇게 철갑을 두

르고 또 두를 때마다 잘 익은 게처럼 철갑 안의 살덩어리는
물러졌다.

　의사는 말했다.
　"잘 오셨습니다. 남자들은 정신과에 잘 오질 않아요. 여기
까지 오신 것만으로도 박수를 보내드리고 싶습니다."
　나는 그 자리에 멍하니 앉아서 의사의 칭찬을 들으며 도
무지 무슨 이야기부터 꺼내야 할지 모르는 상태로 입을 떼
기 시작했다.
　"마음이 심연으로 떨어져 내리는 것 같습니다."
　나는 이 말을 하면서도 스스로 '미사여구를 굳이 거창하
게 넣어서 말하는 버릇은 어딜 가지 않는구나' 하며 속으로
피식 웃었다.
　"세상에 홀로 남은 듯한 기분이 듭니다."
　이 말을 하면서도 속으로 자신을 비웃었다. 어떻게든 근
사한 말로 나를 포장하려는 재주는 여기서도 빠지질 않았
다. 의사는 말했다.
　"약과 상담을 병행하도록 합시다. 약이 분명히 도움이 될
겁니다."
　약을 처방받았다. 무슨 약인지 처방전도 나오질 않았다.
이 주일 치 약을 지어서 병원을 나왔다. 은평구는 그날따라

을씨년스럽게 추웠다. 약봉지가 주머니 속에서 바스락거렸다. 은평구를 택한 것은 아는 사람에게 정신과에 들어가는 모습을 들키지는 않겠다는 생각 때문이었다. 그 역시 비겁한 선택이었다. 나는 당당하질 못했다. 당당할 수가 없었다. 내 마음의 약점을 누군가에게 책잡힐 거라는 가능성에 모골이 송연해졌다. 나는 강한 사람이어야만 했다. 강하지 않으면 살아남지 못하는 세상에서 나약함을 드러내는 것은 보통의 용기로 할 수 있는 일이 아니었다. 나는 보통의 용기가 없는 사람이었다.

몇 주가 지나자 마음의 심연을 긁는 일은 없었다. 약은 나를 멍하게 만들지도 않았고, 내 정신을 갉아먹지도 않았다. 오판이었다. 몇 달이 지나자 다시 나는 손톱으로 바닥을 긁어대기 시작했다.

일주일의 휴가를 냈다. 집에서 온전히 나 자신으로 보내는 시간이 필요했다. 직장에서 강한 리더인 척하지 않고, 사회적으로 강한 인간인 척하지 않고 그저 가만히 앉거나 눕는 시간이 필요했다. 혼자 있는 시간은 되레 마음을 공격했다. 나는 다시 병원을 찾았다. 의사는 말했다.

"이렇게 계속 오시는 건 좋은 신호입니다. 곧 극복하실 거로 생각합니다."

나는 그 말을 온전히 믿지는 않았지만 위로가 됐다. 나는 결국 위로를 받기 위해 의사를 만나고 약을 먹는 것이었을지도 모르겠다.

당신 주변의 누군가가 '난 우울증입니다'라고 당신에게 말한다면, 그것은 당신을 온전히 믿기 때문이다. 자신의 나약함을 당신에게 알리는 용기를 겨우겨우 얻었다는 이야기다. 마음의 병을 알리는 것은 진정한 용기와 용맹스러움의 증거다. 나는 당신이 용기를 낸 친구에게 마음의 말을 건넬 수 있는 다정함을 갖고 있기를 바란다.

세상은 우울증으로 넘친다. 사람들은 우울증으로 약을 먹는다. 그건 그저 우울하기 때문은 아니다. 뇌가 보내는 불가피하고 불가역적인 신호다. 그걸 고백한다는 건, 병원을 제발로 찾는다는 건, 자신을 다시 다듬어서 세상과 다시 연결 지점을 찾겠다는 의욕이다. 그런 사람들에게 필요한 건 다정함이다. 다정함이 당신의 친구들을 구원하지는 않을 것이다. 다정함이 세상을 구원하지도 않을 것이다. 하지만 우리는 세상을 구원할 수 있는 작은 가능성을 다정함으로부터 발견할 수 있다. 결국 우리는 하찮은 인간이다. 하찮은 인간과 인간은 결국 어떤 방식으로든 서로의 마음에 귀를 기울이며 세상을 살아낸다.

우리 이제 낭만을 이야기합시다

마지막으로 첨언하자면 내가 친구로부터 받은 가장 거대한 위로는 바로 이 한마디였다.

"가지가지 한다. 힙스터 패션피플들이 하는 건 뭐든지 다 따라 하네."

나는 웃었다. 깔깔깔 웃었다. 세상이 좀 더 밝아졌다. 그것은 나를 정말로 잘 아는 친구만이 던질 수 있는 무례한 다정함이었다.

바다는
고양이에게   있었다

서울이 싫었다. 나는 마산에서 태어났다. 마산은 부산에
서 자동차로 40분 정도 걸리는, 인구 50만의 작은 항구도시
다. 1980년대 초 우리는 바닷가 옆의 5층짜리 아파트에서
살았다. 나는 바다 위로 떠오르는 해를 보며 일어났고, 바다
위로 떨어지는 해를 보며 잠이 들었다. 동네 뒤로는 일본식
적산가옥이 가득했다. 마음이 울적해질 때면 나는 적산가옥
이 줄을 이어 서 있는 언덕으로 올라가 마산만을 바라보며
몇 시간이고 앉아 있곤 했다.

중학교에 올라간 해 우리 가족은 부산으로 이사했다. 토
박이가 많은 마산과 달리 부산은 뜨내기가 많은 메트로폴
리스였다. 도시는 복잡하고 사람들은 불친절했다. 사투리도
달랐다. 사근사근하고 여성스러운 마산 사투리와 달리 부산
사투리는 격하고 무례하고 드셌다. 그래도 괜찮았다. 바다

가 있었기 때문이다. 아파트 담장 너머로 바다가 보이던 마산 집과는 달랐지만, 마음이 답답할 땐 언제든 시내버스를 타고 광안리나 해운대에 갈 수 있었다. 친구들과 남포동을 걸으면 고층 빌딩 사이로 짭조름한 바다 냄새가 배어들었다. 혀를 굴리면 입안에서 바다 맛이 났다. 바다가 있는 도시라면 어디든 좋았다. 갑갑한 산으로 둘러싸인 채 강 따위에 만족하며 사는 서울 생활은 꿈도 꾸지 않았다.

집에서 가까운 대학교를 들어갔을 때도 계획은 있었다. 어차피 한국은 답답했다. 바다를 보며 자란 나는 어떻게든 바다 끝으로 나가보고 싶었다. 나는 유독 지리를 좋아했다. 동아출판사에서 나온 백과사전의 '세계지리' 편을 낱낱이 떨어져 나갈 때까지 읽었다. 고3 때까지 나는 세계 모든 국가의 수도를 암기하고 있었다. 누군가 "에티오피아!"라고 외치면 "아디스아바바!"라는 대답이 절로 튀어나왔다.

나는 결국 바다를 건넜다. 캐나다에서 영어를 공부했고, 대학을 졸업하자마자 영국으로 갔다. 영국에서 돌아와 잡지사에 취직했을 때도 마음은 달라지지 않았다. 사무실에 앉아서 글을 쓰다가도 문득문득 속이 갑갑했다. 악질 같은 황사로 비염을 얻었을 땐 연신 누런 코를 풀어내며 서울을 저주했다. '반드시 떠나겠다…' 이를 바득바득 갈며 오피스텔에 앉아서 악담을 퍼부었다.

오피스텔은 떠날 사람들을 위한 집이다. 모든 것이 옵션이고 붙박이다. 옷가지만 챙겨서 훌쩍 떠나면 더는 내 집이 아니었다. 보험도 적금도 들지 않았다. 떠날 사람에게 미래를 보장하는 금융상품은 필요하지 않다.

30년 이상 치밀하게 구상한 나의 도피 계획은 고양이 한 마리 때문에 산산조각이 났다. 지진과 해일로 사라진 무대륙처럼 가라앉았다. 사실 나는 고양이를 키울 생각이라곤 손톱만큼도 없었다. 고양이란 동물에 아무런 관심도 없었고, 반려동물로 키울 수 있다는 상상도 해본 적 없었다. 하지만 2008년 가을 상수동 골목에서 만난 고양이는 그런 나의 사정 따위는 봐주지 않겠다는 듯 대범하게 내 품으로 뛰어와 내 다리에 제 몸을 휘감고 울었다.

나는 당황했다. 고양이가 얼른 제 갈 길로 가주기를 바랐다. 고양이는 독심술이 없다. 나는 고양이를 안은 채 골목에서 30분 넘도록 고민했다. 답은 나왔다. 나는 고양이를 키울 수 없다. 왜냐하면, 언젠가는 한국을 떠나야 하기 때문이다. '털 뭉치' 따위가 미래의 걸림돌이 되도록 할 수는 없었다. 나는 도망치듯 집으로 갔다.

잠을 잘 수가 없었다. 밤새도록 고양이가 떠올랐다. 그릉

그릉…. 처음 들어본 고양이의 그릉거리는 소리가 달팽이관을 울렸다. 나는 다음날 퇴근하자마자 흥대 골목으로 부리나케 달려갔다. 도착한 순간 고양이도 버선발로 뛰어나왔다. 정말이다. 내 고양이는 하얀 버선발을 하고 있다. 어쩔 도리가 없었다. 운명이라 생각했다. 내가 가장 존경하는 배우 윤여정 선생님은 이런 말을 했다.

"사랑을 어떻게 준비하니. 사랑은 교통사고 같은 거야."

그랬다. 그건 교통사고 같은 거였다. 나는 안전벨트를 맬 시간도 없었다. 문제는 교통사고 같은 사랑이 그렇듯이, 그날이 내 인생을 완전히 바꾸어버렸다는 사실일 것이다.

고양이가 집에 들어온 지 이틀이 되던 날, 나는 이 대담무쌍한 고양이가 복층 계단을 오르내리며 즐거워하는 꼴을 쳐다보다가 생각했다. '복층이라서 얼마나 다행이람. 고양이를 키우기엔 정말 딱이잖아.'

믿을 수가 없었다. 내가 그곳을 선택한 것은 모든 게 옵션이어서 언제든지 훌쩍 떠날 수 있기 때문이었다. 그런데 고작 고양이 따위가 뛰어놀기 좋은 계단이 있어서 기쁘다며 팔불출 같은 웃음을 짓다니. 게다가 고양이는 어린 시절부터 꿈꾸어온 노마드적 삶의 가장 치명적인 걸림돌이 될 게 분명했다. 에어컨과 벽걸이 TV는 팔아치우고 떠날 수 있지만, 고양이는 그럴 수 없다. 평생을 업고 가야 하는 존재다. 갑자기 숨이 막혔다. 아폴로 13호에 갇혀 옴짝달싹할 수 없는 우주 비행사가 된 기분이었다. '휴스턴. 우리에게 문제가 생겼습니다, 휴스턴.'

2년 뒤 나는 방 3개짜리 아파트로 이사했다. 세 가지 이유였다. 첫째, 고양이가 들어갈 수 없는 거대한 옷방이 있어야 했다. 둘째, 비염이 고양이 털 때문에 심해지지 않기 위해서는 앞 베란다와 뒤 베란다 창을 열면 강바람이 집 안 구석구석 훑고 지나가는 고층 아파트여야 했다. 셋째, 고양이가 마음껏 뛰놀 수 있을 만큼 넓어야 했다.

아파트로 이사 간 해 나는 보험을 두 개, 적금을 하나 가입했다. 그러고는 석양과 강바람이 들어오는 베란다에 앉아 무릎 위의 고양이를 쓰다듬으며 생각했다. '꽤 살 만하네.' 서울이 마침내 내 도시가 되기 시작한 순간이었다.

그리고 11년이 지났다. 나는 종종 고양이의 눈을 들여다본다. 크리스털처럼 빛나는 고양이의 눈은 끝이 보이지 않는 바다를 닮았다. 결국, 내가 그토록 원하던 바다는 바로 여기 있었다.

나는 지난 십 년간 고양이 때문에
많은 것을 포기했다. 하지만
나는 내가 포기해버린 것들보다
고양이를 더 사랑한다. 그리고
사랑이라는 단어에는 '책임감'도
당연히 포함된다.

마산에서　　　일어난 일은
마산에　　　　머물러야 한다

내가 태어난 마산은 딱히 뭔가 볼 게 있는 도시는 아니다. 가곡 〈가고파〉의 고향이라거나, '몽고 간장'의 발원지라거나, 혹은 부정선거에 대항하는 3·15 의거가 일어난 도시라거나. 마산 사람들은 마산을 자랑할 때 이런 이야기들을 한다. 인상적인 이야기들은 아니다. 내가 유년기를 보낸 70년대와 80년대에는 '수출자유지역'이 마산의 가장 큰 자랑거리였다. 이것 역시 그리 인상적인 자랑거리는 아니다.

나는 신마산이라는 지역의 아파트에서 살았다. 새롭다는 의미의 '신'을 붙여놨지만, 신마산은 분당이나 일산식으로 설계된 신도시는 아니다. 신마산은 일제강점기에 일본 사람들이 새롭게 터를 잡은 시가지를 부르는 이름이다. 어떤 도시에 터를 잡든 가장 쾌적한 구역을 차지했던 일본인들의 성격상, 신마산이 마산에서 썩 괜찮은 거주 구역이라는 것

우리 이제 낭만을 이야기합시다

은 짐작할 수 있을 것이다. 신마산은 부산의 중앙동처럼 높은 산과 바다가 가파르게 만나는 곳에 자리를 잡고 있다. 미야자키 하야오의 애니메이션에 종종 등장하는 항구 도시의 느낌이라고 우길 수도 있겠다.

내가 살던 아파트는 바다 바로 옆에 있었다. 아파트 펜스를 넘어가거나 펜스 사이의 틈에 머리를 넣어 겨우 빠져나가면 큰 도로가 나왔다. 머리가 들어가는 곳은 어디든 들어가는 고양이처럼, 아이들도 머리가 들어가는 곳은 어디든 갈 수 있다. 펜스를 지나 건널목 없는 산업용 도로를 재빨리 가로지르면 바다가 나왔다. 바다는 썩어 있었다. 수출자유지역에서 나온 산업용 폐수는 제대로 걸러지지도 않고 바다를 썩게 했다. 파란 바다를 노래하던 〈가고파〉와 수출자유지역이 동시에 마산의 자랑거리인 건 매우 아이러니한 일이었다.

아무것도 살지 못할 것 같은 바다였지만 간혹 게는 있었다. 게를 잡아서 집으로 가져오면 엄마는 그런 건 먹을 수 없다며 버리라고 역정을 냈다. 나는 차마 버리지 못하고 몰래 어항 속에 넣어 키우려 했다. 그렇게 수많은 게가 썩은 바다에서의 자유로운 삶 대신 깨끗한 어항 속에서의 불행한 삶을 견디다 짧은 생을 마감했다.

가장 친한 친구를 만나려면 산 중턱에 고즈넉하게 자리 잡은 동네로 올라가야 했다. 우리는 아카데미과학에서 나온 조립식 키트를 좋아했다. 친구가 좋아한 건 비행기였고, 나는 함대를 좋아했다. 친구가 정찰기인 블랙버드를 조립하면 나는 옆에서 항공모함을 조립했다. 방은 금세 본드 냄새로 가득 찼다.

무엇보다도 친구의 집이 좋았던 것은 마산항이 내려다보여서였다. 나는 친구의 집으로 가는 길에 잠시 앉아서 아이스크림을 먹으며 항구를 조용히 쳐다보는 걸 좋아했다. 멀리서 보면 썩은 바다도 영롱했다. 동네는 일본인들이 남기고 간 적산가옥으로 가득했다. 적산가옥만 잔뜩 모여 있는 항구 언덕의 동네라는 건 꽤 운치가 있다. 전주 한옥마을을 일본식으로 바꾼 뒤 동네의 경사를 45도 정도로 기울였다고 생각해보면 이게 무슨 말인지 알 것이다.

적산가옥이 가득한 동네의 어귀에 놀랄 정도로 현대적인 친구의 집이 있었다. 친구의 아버지는 건축가였다. 친구의 집은 놀이터 같았다. 2층에서 지하로 이어지는 원형 계단이 있었다. 80년대 초의 주택에서는 보기 힘든 계단이었다. 1층은 바깥의 온실로 연결이 됐다. 온실에는 거대한 식물들이 정글을 이루고 있었다. 마당에는 개가 세 마리였다. 새끼를 낳자 친구의 어머니는 거실 한쪽에 지층보다 조금 더 낮게 설계된 원형 응접실에 앉아서 새끼들을 쓰다듬으며 기뻐했다. 돌이켜보니 거실에는 임스의 가구들이 가득했던 것도 같다.

　국민학교를 졸업하자 친구를 더는 만날 수 없었다. 나는 부산으로 이사했다. 부산은 마산을 좀 더 크게 확장해놓은 것 같은 도시였다. 더 큰 항구 도시로 이사간다는 사실에 들떠 있었지만 내가 살아야 할 부산은 딱히 항구가 아니었다. 바다를 보려면 버스를 타고 40분을 가야 했다. 중학생에게 버스를 타고 40분을 달리는 건 그리 쉬운 일이 아니었다.

　나는 내륙 도시 부산에 금방 적응을 했다. 고즈넉한 언덕에 앉아서 바다를 바라보는 사치를 사춘기 남자애들과 남자애답게 노는 방식을 터득하는 것과 맞바꾸었다. 새 친구가 필요했다. 그러기 위해서는 언덕을 산책하며 서로의 꿈을 말하고 집에서 아카데미과학의 모형을 조립하는 일 따위는 어린이나 할 짓이라며 양보해야 했다. 항구가 내려다보이는 집의 친구는 곧 잊어버렸다.

　몇 년 뒤 친구의 편지가 왔다. 어떻게 내 주소를 알았는지도 알 수 없었다. 편지도 알 수 없었다. 안부를 묻는 편지였지만 도저히 이해할 수 없는 문장들이 도저히 이해할 수 없는 의식의 흐름에 따라 열거돼 있었다. 숨을 쉴 수가 없었다. 무언가가 잘못됐다. 단단히 잘못됐다. 답장을 하지 않았다. 답장을 할 수 없었다. 답장을 할 용기를 낼 수 없었다. 이 친구는 내가 알던 그 친구가 아니었다. 내가 알던 친구가 없다는 걸 이해할 수 없었다. 내가 알던 친구가 변했다는 걸 받아들일 수가 없었다. 나는 편지를 서랍 속에 봉인하고 침묵했다.

편지를 받은 지 며칠 지나지 않아 엄마가 말했다.

"너 국민학교 다닐 때 제일 친하던 그 친구 알지? 걔가 학교도 중퇴하고 그냥 집에 있다고 그러더라. 똑똑한 친구였는데 그 엄마는 어쩌니."

그제야 한 통의 편지가 왜 나를 그토록 겁에 질리게 만들었는지 알 수 있었다. 나는 친구의 마음이 아프다는 사실을 받아들일 수가 없었다. 그게 내 유년기의 기억을 망가뜨린다고 생각해서였을지도 모르겠다. 무엇보다도 나는 어렸다.

몇 년 뒤 친구의 전화가 왔다. 친구의 어머니였다. 친구가 요즘 내 이야기를 많이 한다고 했다. 그래서 통화를 한 번 했으면 좋겠다고 했다. 전화를 받았다. 친구가 말했다.

"오랜만이야."

친구의 말은 끊어지지 않았다. 그는 계속 무언가를 말했다. 아직도 조립식 모형을 좋아하느냐고 했다. 나는 고등학생이었다. 조립식 모형 따위는 만들지 않았다. 머틀리 크루를 듣는 LA 메탈의 팬이었으며, 캘빈 클라인 청바지를 사기 위해서라면 어린 시절에 산 조립식 모형을 모조리 되팔고 그 기억까지 내 두뇌에서 삭제하는 것도 허락할 수 있었다. 친구는 마산에 한번 놀러 오라고 했다. 나는 그러겠다고 한 뒤 재빨리 수화기를 놓았다.

몇 년 전 나는 마산에 갔다. 혼자서 갔다. 바다로 가기 위해 빠져나가다 머리가 걸려 울었던 펜스는 이제 없었다. 5층짜리 아파트는 20층이 넘는 아파트로 재개발됐다. 수출자유지역은 텅 비었다. 산업이 죽자 도시는 쇠락한 냄새를 곳곳에서 풍겼다. 그러자 바다는 깨끗해졌다. 무엇이 더 좋은 건지 나로서는 판단하기가 힘들었다.

무작정 언덕을 향해 걸었다. 어린 시절의 광경을 보고 싶었다. 걸어서 걸어서 올라가 바라본 항구는 작았다. 꽤 보잘것없기도 했다. 나는 어른이 됐고, 어른의 눈에는 모든 것이 덜 새롭거나 덜 감동적이다. 어른이라는 건 보잘것없기 때문이다.

친구의 집도 거기에 있었다. 담쟁이 넝쿨도 거기에 있었다. 정원도 거기에 있었다. 벨도 거기에 있었다. 벨을 누르기만 하면 친구를 만날 수 있었다. 건너편에 앉아서 담배를 한 대 피웠다. 담배를 세 번 목으로 넘기기도 전에 누군가의 실루엣이 철제 문 뒤로 보였다. 친구였다. 어린 시절보다 좀 더 살이 찌고, 30대 중반이 된 친구가 거기에 있었다. 추리닝을 입고 있었다. 정원에 물을 주고 있었다.

그는 갑자기 인기척을 느낀 듯 돌아봤다. 나는 숨었다. 친구가 고개를 들어 보아도 눈이 마주치지 않을 곳으로 숨었다. 나는 마음의 준비가 되지 않았다. 친구의 상태를 알 수 없었다. 상태를 알 수 없는 친구와 마주치는 순간에 밀려들 수많은 감정들을 감내할 용기가 없었다. 나는 겁쟁이처럼 숨었다. 30년 만에 유년기의 모든 추억을 나누었던 친구를 만날 기회 앞에서 숨었다. 큰 개를 만난 길고양이처럼 꼬리를 부풀리고 숨었다.

나는 곧장 서울로 올라왔다. 매몰차게 거대한 서울은 피하고 싶은 기억으로부터 가장 안전한 도시였다. 바다도 없었다. 항구도 없었다. 적산가옥이 모여 있는 동네도 없었다. 친구의 이층집도 없었다. 정원에서 물을 주다가 문득 돌아보는 친구도 없었다. 서울에는 과거를 떠오르게 할 어떤 것도 없었다. 존재하는 건 오직 미래뿐이었다. 미래는 흐릿해서 무서웠다. 과거처럼 선명해서 무섭지는 않았다.

우리 이제 낭만을 이야기합시다

나는　　　　　　모든 것을 모은다

나는 모든 것을 모은다. 수집가라는 말을 사용하지는 않
겠다. 수집가는 자신이 좋아하는 것만을 집중적으로 모으는
사람을 의미하는 단어다. 나 역시 좋아하는 수많은 것들을
모으긴 한다. 컬렉션에 대한 강박은 없다. 그러니까 나는, 버
리지 않는다. 가장 눅눅한 증거는 옷장 깊숙한 곳에 아직도
걸려 있는, 영국 살던 시절에 입은 리바이스의 골덴 재킷이
다. 패션 잡지들이 골덴(그러니까 정확하게는 '코듀로이')의
컴백을 외쳐대기에 한번 꺼내서 입어봤다. 역시 추억은 추
억으로 남는 게 아름답다는 사실을 뼈저리게 깨달았다. 그
런데도 나는 이 묘하게 지난 세기말적인 핏의 재킷을 버리
지 못한다. 추우면 잠옷으로라도 사용하면 될 일이다.

아무것도 버리지 못하는 이 괴상한 습성이 언제부터 나를
지배했는지는 잘 모르겠다. 어릴 때부터 물건에 과도하게

감정을 이입하는 버릇이 있기는 했다. 중학교 시절엔 10년을 넘게 사용하던 소니 워크맨을 독서실에서 도둑맞았다. 몇 날 며칠을 서럽게 울어댔다. 아버지가 일본에서 선물로 사 온 소니 워크맨이 자신의 가치도 모르는 누군가의 손에서 마구 휘둘린다는 생각만 해도 가슴이 답답했다. 지금도 여전히 마음이 아프다.

반면 아버지는 뭐든 버렸다. 그는 항상 "사람은 비우면서 살아야 해"라고 말하며 냉장고나 창고를 불시에 정리하곤 했다. 엄마는 좀 달랐다. 그녀는 심지어 고등학교 시절 DJ에게 보내려다 말았던 편지까지 앨범 속에 곱게 보관했다. 처음 그 편지를 몰래 읽었을 때 나는 가슴 한쪽을 고등어 뼈로 콕콕 찔리는 듯했다. 열일곱 살 고운 엄마가 세라복을 입고 소풍 간 바위에 앉아서 웃고 있었다. 엄마는 아귀찜으로 유명한 마산시 오동동에 살았고, 이름은 조애자였다. 30여 년 전 엄마는 20여 년 뒤 유명해질 남자 배우와 똑같은 이름으로 개명을 했다. 부산시 동래구의 조인성 여사는 오늘도 쓸모없는 것들을 차곡차곡 쌓아놓고 계신다.

내가 필름으로 사진을 찍기 시작한 것도 엄마로부터 물려받은 나의 강박적 수집벽, 아니, 버리지 못하는 습성 때문이었을지 모르겠다. 디지털카메라로 찍은 사진들은 어느 순간 갑자기 사라져버렸다. 오키나와, 푸껫, 금강산에서 찍은 사진들이 하드디스크 에러로 사라졌을 땐 땅을 치며 울고 싶었다.

어떻게 살릴 방법이 없을까 싶어 카메라 동호회 사이트에 갔다. 애타는 호소문이 눈에 들어왔다. 아들의 백일 사진을 찍어준 출장 포토그래퍼를 찾는 호소문이었다. 하드디스크는 회복이 불가능할 만큼 박살이 났다. 아들 백일 사진들은 세상에 존재하지 않는 바이트의 세계 속으로 사라져버렸다. 포토그래퍼를 찾아도 소용없을 것이다. 그에게 남의 백일 사진이란 찍고 보정한 뒤 돈을 받고 넘기면 되는 하드디스크 용량의 일부에 불과하다. 그 순간 나는 디지털카메라를 버리고 필름카메라를 다시 들었다. 나의 수집 강박증은 필름이라는 매체를 물리적으로 보관할 수 있다는 개념을 도저히 거부할 수 없었다.

필름으로 사진을 찍기 시작하면서 집 안에 굴러다니던 정체를 알 수 없는 필름들을 하나하나 현상하기 시작했다. 부산 집에서 발견한 코닥의 APS 필름은 도무지 얼마나 오래된 것인지조차 가늠할 수 없었다. 파리 몽마르트르 언덕에서 굴러떨어져 생을 마감한 코니카 카메라로 찍은 사진일 거란 짐작밖에 없었다. 현상소에 이 알 수 없는 유물의 결과물을 찾으러 간 나는 눈을 믿을 수가 없었다. 크레이그 한나가 거기에 있었다.

대학을 졸업하기 직전에 만난 크레이그 한나는 유대계 캐나다인이었다. 그는 내게 '치킨 핑거스'를 파는 곳이 어디냐고 물어보았고, 그 순간부터 롤러코스터처럼 흥미진진한 날들이 시작됐다. 몇 달 뒤 나는 영국으로 떠나버렸고, 크레이그 한나는 2년여를 한국에서 머물다가 토론토로 돌아갔다. 연락은 끊겼다. 끈은 영원히 사라졌다.

몇 년이 지난 어느 날 한 캐나다인으로부터 페이스북 메시지를 받았다. 크레이그 한나의 파트너라고 했다. 크레이그는 죽었다. 후두암이라고 했다. 나를 어떻게 알았냐고 물었다. 크레이그는 종종 내 이야기를 했다고 했다. 한국에서 만난 그리운 친구에 대해서 이야기를 했다고 했다. 나는 페이스북 메시지를 멍하니 쳐다봤다. 눈물도 나질 않았다. 그는 말했다.

"언젠가 더 자세한 이야기를 해줄게요."

그러나 그는 그 이후로 다시는 메시지를 보내지 않았다. 나는 더 자세한 이야기를 들을 준비가 되지 않았다. 우리가 다시 연락을 주고받는 일은 없었다.

오래된 필름에서 찾은 사진 속 크레이그 한나는 스물셋이다. 수천 명이 경적을 울리고 붉은 옷을 입고 소리치던 길거리에서 우리는 괜히 들떠서 의미 없는 뭔가를 외치며 돌아다녔다. 크레이그 한나의 사진을 한 장도 갖고 있지 않았던 나에게 그 순간은 영원히 기억으로만 존재할 것 같았다. 기억은 코닥의 APS 필름에 그 순간 그대로 봉인되어 있었다.

디지털의 세상에서 우리의 기억은 바이트 속을 떠돌다가 끝이 없는 매트릭스 속으로 종종 사라진다. 그것이 진화의 새로운 법칙이라면 받아들이는 수밖에. 지구상에 남은 마지막 필름이 사라지는 순간이 온다면? 나는 잠시 낙담하겠지만 크게 슬퍼하진 않을 것 같다. 어쨌거나 내 손 위에는 2002년 여름을 봉인해둔 코닥의 APS 필름이 있다. 2003년의 리바이스 골덴 재킷도 있다.

김찬삼의 세계여행기

내 친구 연이는 꿈 많던 계집애
그녀는 시집갈 때 이불보따리 속에
김찬삼의 세계여행기 한 질 넣고 갔었다.
남편은 실업자 문학 청년
그래서 쌀독은 늘 허공으로 가득했다.

밤에만 나가는 재주 좋은 시동생이
가끔 쌀을 들고 와 먹고 지냈다.

연이는 밤마다
세계일주 떠났다.
아테네 항구에서 바다가제를 먹고
그 다음엔 로마의 카타꼼베로!

검은 신부가 흔드는
촛불을 따라 들어가서
천년 전에 묻힌 뼈를 보고
으스스 떨었다.

오늘은 여기서 자고 내일 또 떠나리.

아! 피사, 아시시, 니스, 깔레……

구석구석 돌아다니느라
그녀는 혀가 꼬부라지고
발이 부르텄다.

그러던 어느 날 그녀는 그만
뉴욕의 할렘 부근에서 쓰러지고 말았다.
밤에만 눈을 뜨는
재주끈 시동생이
김찬삼의 세계여행기를 몽땅 들고 나가
라면 한 상자와 바꿔온 날이었다.

그녀는 비로소 울었다.

결혼반지를 팔던 날도 울지 않던
내 친구 연이는
그날 뉴욕의 할렘 부근에 쓰러져서 꺽꺽 울었다.

_문정희, 〈꿈〉

좋아하는 한국 시 중 하나인 문정희의 〈꿈〉이다. 내가 저 시를 좋아하는 것은 '김찬삼의 세계여행기'와 그것이 표출하는 어떤 정서 때문이다. 김찬삼은 내 나이보다 조금 더 드신 분들이라면 익숙한 이름일 게다. 서울대 지리학과를 1950년에 졸업해 경희대학교 교수를 지낸 그는 이를테면 한국 최초의 세계여행가였다. 그는 한국전쟁이 끝난 지 얼마 되지 않은 1958년부터 1988년까지 카메라를 들고 12회에 걸쳐 세계일주를 했고, 60년대와 70년대, 80년대에 각각 여러 번씩 개정된 10권짜리 하드커버 여행기 《김찬삼의 세계여행》을 냈다.

그는 관광객을 위한 개방 따위는 바랄 수도 없었던 70년대 초반, 아무도 없는 앙코르와트 사원 속에 누워 잠을 잤다. 1963년도 아프리카 여행 때는 슈바이처 박사를 만났다. 편지로 예고한 날보다 열흘이나 늦게 도착한 그를 맞아준 것은 슈바이처의 웃음이었다. "왜 이렇게 늦었어요?"라는 말과 함께. 그는 지금처럼 파괴되기 직전의 아마존으로 들어가

우리 이제 낭만을 이야기합시다

원주민들을 만났고, 대륙의 깊숙한 오지에 건설되고 있었던 계획도시 브라질리아를 통해 역동적인 라틴아메리카의 미래를 보았다. 아프리카의 어느 추장 딸이 그에게 끈질긴 구혼작전을 펼쳤을 때는 겨우 도망치기도 했다. 그건 60년대와 70년대였다. 한국인들은 그의 책을 '서방견문록'이라 불렀다.

내가 한문이 드문드문 섞인 데다 세로로 된 이 전집에 완전히 넋이 나갔던 것은 1986년 국민학생 시절이었다. 가까운 엄마 친구 집에서 발견한 이 책을 나는 읽고 또 읽고, 빌려서 읽고, 몇몇 사진은 몰래 오려내어 지갑 속에 넣고 다니며 또 읽었다. 1980년대 중반. 해외여행이 자유화되지 않았던 그 시절, 한국 땅이 아닌 곳을 밟을 수 있었던 사람은 대단한 부유층이거나 혹은 광부와 간호사와 선원과 중동 노동자였다. 자연히 정보는 거의 차단된 상태였고, 아침마다 새마을 노래가 아파트 경비실에서부터 울려 퍼지는 한국에서 열 살 남짓한 아이들에게 '세계'란 '외계'였다.

나는 국민학교 5학년 때 '발견'한 《김찬삼의 세계여행》에 나왔던 사진들, 글들, 사람들을 모두 기억한다. 그때 '갈 수 있는' 세계가 존재한다는 것은 거의 인식론적인 전환이었다. 김찬삼이라는 남자는 내가 꼬박꼬박 희망직업란에 '세계여행가' 혹은 '내셔널 지오그래픽 기자' 등등을 적어 넣었던 이유였다.

사진 서적을 좀 사볼까 하고 인터넷 웹서핑을 하다가 《김찬삼의 세계여행》을 판매하는 곳을 발견했다. 한 곳은 7만 6천 원, 한 곳은 겨우 2만 원에 팔고 있었다. 게다가 2만 원에 파는 중고 서적 사이트에는 81년 판과 89년 판이 동시에 있었다. 89년 판이라면 아마도 김찬삼이 80년대 중반에 새로 찍은 사진들로 채워진 가장 최근 버전이리라. 그래서 81년 판을 주문했다. 60년대 초판이 있었다면 더 좋았을 테지만, 그걸 지금껏 가지고 있는 사람들도 드물 것이다.

김찬삼은 1996년에 67세로 또다시 실크로드와 서아시아 여행을 떠났다가 인도에서 기차 사고로 머리를 다쳐 여행을 중단하고 돌아왔다. 그는 그때 사고로 2001년 혼수상태에 빠졌고, 2003년 사망했다. 김찬삼의 여행기를 이불 보따리 속에 쟁여 매고 시집간 연이에게 그것은 언제나 꿈으로만 남았을지도 모를 일이다. 나에게도 세계여행이라는 거창한 꿈은 거의 꿈으로만 남았다. 어떤 것은 꿈으로만 남아도 삶을 지탱하는 힘이 된다. 나는 지금도 《김찬삼의 세계여행》을 꺼내 든다.

우리 이제 낭만을 이야기합시다

트렌치코트를

입은   여인

　모두의 증언에 따르면 나는 두 살이 되던 해부터 할 일이 없을 땐 누워서 천장에다 손가락으로 그림을 그리는 애였다. 스케치북과 연필을 갖게 된 날부터는 밥만 먹으면 그림을 그리고 또 그렸다고 한다. 기억에 거의 없지만, 외할머니가 수시로 지우개로 내 그림을 지우던 것만은 기억이 난다. 하루에 스케치북 여러 개를 다 써버리는 터라, 조금이라도 종이를 아껴보겠다는 외할머니의 의지였을 게다.

　국민학교에 들어가서는 내리 5년을 집 앞 서라벌 미술학원에 다녔다. 태권도학원은 그만뒀고, 주산학원은 도무지 맞지 않았고, 웅변학원은 거의 울면서 뛰쳐나오고 싶었지만, 서예와 미술학원은 그렇게 재미있었다. 그렇게 그려댔으니 애치고는 제법 실력이 늘어 전국 미술제전을 5년 내리 참가해 5년 내리 최우수상 트로피를 받아냈다. 미술학원 원장과 새끼 선생들은 나를 보고 천재라고들 했다. '니네 엄마에게 이 말 전해. 그래야 계속 여기 보내시지'라는 마음으로 한 소리겠지만, 듣기 나쁜 소리는 결코 아니었다.

매번 겨울 미술학원 봉고차를 타고 서울 어린이회관에서 열린 시상식에 갈 때면 그리 설렜다. 나보다 딱 스무 살 많은 엄마는 그 당시 삼십 대 초반에서 중반의 나이었다. 항상 근사한 트렌치코트를 입었던 그녀는 언제나 내 손을 잡고 함께 단상에 올라 상을 받았다. 사진으로밖에 기억이 나질 않지만, 4학년 때인가 단상에서 트로피를 바닥에 떨어뜨렸던 순간 느꼈던 끔찍한 긴장감만은 아직도 손에 남아 있다.

중학교 2학년. 세상의 모든 중학생이 다 그렇듯 나도 더는 미술학원에 다니지 않았다. 하지만 어느 날 B 사감처럼 생긴 선생이 나를 불렀다.

"너는 미술 해야 돼. 니 나이 애들하고는 관찰력이랑 색 쓰는 재주가 달라. 유화는 날고 기는 애들이 많으니까 수채화를 집중적으로 하자. 엄마한테 미술 선생님이 제자 시킨다 했다고 전해."

나는 기뻤다. 집에 가자마자 엄마에게 말했다.

"엄마. 나 미술하래. 미술 선생님이 자기 제자 하래."

엄마는 단언지하에 거절했다.

"너는 공부해야지. 선생님 말 들으면 안 돼. 너는 공부 잘하니까 열심히 해야 해."

선생에게 가서 엄마의 말을 전했더니 씁쓸한 표정을 지으며 이젠 됐으니까 나가보라고 했다. 쌩하고 바람이 불었다. 그 뒤로 나는 미술을 하지 않았지만, 고등학교 시절에도 미련은 남아 있었다. 나는 '너 같은 애들이 예체능으로 입학하려고 보충 빠지고 학원에 가는 꼬라지 보기 싫어 죽겠어'라고 속으로 괜한 짜증을 내며, 학원으로 향하는 애들 앞에서 싱긋 웃어주곤 했다. 물론 내 실력이 좋았던 건 아니었다. 그 시절의 나야 뭐 일본 만화나 카피하며 애들에게 돌리곤 했으니까, 딱히 천재적인 어떤 재주가 있는 것도 아니었다.

가끔 집에 내려가면 한 번씩 엄마 심기를 건드리곤 한다.

"아줌마. 그렇게 소질이 있었다는 애 미술 안 시킨 건 대체 무슨 심뽀유."

돌아오는 대답은 언제나 한가지다.

"야. 그때는 엄마 아들 진짜 천잰 줄 알았어. 서울대 법대는 들어갈 줄 알았어."

나의 대꾸도 언제나 한가지다.

"아. 그렇게 서울대 좋으면 미대라도 보내시지 그러셨어? 무슨 70년대유, 서울대 법대 보내게? 산에서 화전하는 집안이라 장남 서울대 법대 안 보내면 집안이 무너지는 지경도 아니었으면서 왜 그랬대?"

대화는 항상 엄마의 외침으로 끝난다.

"시끄러워. 밥이나 처먹어."

하지만 트렌치코트를 입고 입술을 빨갛게 바른 30대 초반의 여자가 눈이 쫙 째진 열 살짜리 아이의 손을 잡고, 또 한 손에는 트로피를 들고 눈 내리는 어린이회관 앞에서 찍은 사진을 볼 때마다 가슴이 뭉클하다. 스무 살에 시집가서 일 년에 열 달은 남편 없이 애 키우던 여자가 용케도 아들 데리고 봉고차 타고 열 시간을 달려 서울까지 와서 트로피를 받아 갔구나 싶어서다.

게다가 엄마 말이 맞다. 미술을 했다고 뭐 달라졌겠나. 지금쯤 초등학교 옆에 미술학원 차려놓고 토끼 같은 애들이나 갈구면서 아줌마에게 '요번 달도 학원 적자니 돈 좀 꿔달라'거나 '유학 안 보내줘서 이 꼬라지가 됐으니 책임지라'며 꽥꽥 소리나 지르고 있을 것이다. 틀림없다.

우리 이제 낭만을 이야기합시다

경제적, 정신적으로 부모로부터
독립을 이루게 되고, 그럴수록
실은 부모가 자신과 매우 닮은
존재라는 걸 느끼게 되고, 부모를
향한 원망의 근원에 자기 자신의
마음이 큰 비율을 차지했다는
것도 깨닫게 된다. 완벽한 극복은
없지만
결국 극복은 온다.

아버지의 마중

아버지가 마중을 나온다고 하셨다. 나는 전화기에 대고 고함을 지를 뻔했다.

"아니에요. 나오지 마시라고 해요, 엄마."

엄마는 웃으면서 말했다.

"오랜만에 아버지가 아들 마중 간다는데 편하게 아버지 차 타고 온나."

"아니에요. 제가 그냥 택시 타고 갈게요. 그게 편해요. 그니까 제발 나오지 마시라고 해요."

엄마는 "아버지 나가시기로 했다"라는 말과 함께 전화를 끊었다.

위 문장을 읽는 동안 당신은 이미 나와 아버지 사이의 거리를 느꼈을 것이다. 아버지를 아버지라고 표기하고 엄마를 엄마라고 표기하는 건 둘과 나 사이의 거리가 매우 다르다는 증거다. 하여간 나는 머리를 싸맸다. 다 큰 아들이 집에 온다는데 왜 굳이 기차역까지 차를 갖고 마중을 나오신다는 걸까. 무슨 특별한 이유라도 있는 것일까. 아 젠장. 기차역에서 나오자마자 담배를 한 대 피워야 하는데 과연 그럴 짬을 낼 수가 있을까? 설마 기차역 안까지 마중을 나오시진 않겠지? 그럼 기차역 안에서 담배를 피워야 하나?

나는 아버지와 유년기를 보낸 기억이 거의 없다. 외항선 선장이던 아버지는 일 년에 한국에 머무르는 날이 별로 없었다. 나는 엄마와 외할머니 손에 컸다. 두 분은 나를 건강하고 훌륭하게 키우셨다. 물론 내가 훌륭하다는 말은 아니다. 하지만 어쩐지 나에게는 '파더 피겨'가 필요했던 모양으로, 친척들이 모이는 날이면 큰아버지의 손을 잡고 길을 걷는 걸 그렇게나 좋아했다.

아버지가 선장을 그만두고 선박회사에 다니기 시작하신 건 내가 중학생이 된 어느 날이었다. 그건 서로에게 일정한 악몽 같은 것이었다. 아버지는 자유롭게 배를 타고 전 세계를 돌던 시절을 그리워하시는 것 같았다. 그에게 육지는 갑갑한 올가미였을지도 모른다. 나는 준비가 되지도 않은 채로 사춘기가 됐다. 사춘기의 남자애란 말이지 정말 예민하고 버릇없기 짝이 없는 존재로, 정부가 특별 시설을 만들어 가둬놓아야 마땅하다.

그러니 나는 아버지를 이해하지 못했다. 아버지도 나를 이해하지 못했을 것이다. 남성적인 구석이라고는 조금도 없이 허약하고 작고 마른 채로 방구석에 처박혀 책을 읽으며 세상 고민을 다 하는 듯 예민하게 구는 아들이라는 동물을 도무지 이해할 수 없었을 것이다. 엄마도 준비되지 않았을 것이다. 엄마는 나를 갓 스물에 낳았다. 그녀에게 양육은 너무 이르게 찾아온 과업이었다. 엄마도 아들이라는 것을 낳아서 그 아들이라는 것의 사춘기라는 것을 함께 겪어낼 준비는 되지 않았을 것이다.

나는 이제 내가 열세 살이던 시절 아버지의 나이가 됐다. 기차를 타고 부산으로 내려가며, 만약 지금 나에게 나 같은 사춘기 아들이 있었다면 어땠을까를 곰곰이 생각했다. 목을 졸랐을 것이다. 아니다. 그건 비속살인이다. 하지만 역시, 목을 졸라버렸을 것이다. 내가 내 목을 조르는 상상을 하며 기차역에서 나오자마자 구석에서 담배를 한 대 피워 물었다. 그러고는 아버지 차가 있는 곳으로 갔다.

"왔냐."

아버지가 있었다.

우리 이제 낭만을 이야기합시다

"나오지 않으셔도 되는데 왜 역까지 나오셨어요."

"타라."

"네."

대화를 시작해야 했다. 뭐라도 말해야 했다.

"건강은 괜찮으세요?"

"응, 괜찮다."

다른 소재를 얼른 찾아야했다.

"엄마도 괜찮죠?"

"응, 괜찮다."

건강이 아닌 소재를 빨리 찾아야 했다.

"서울은 추운데 부산은 따뜻하네요."

맙소사. 날씨 이야기는 소개팅으로 만난 사람들이 첫인사로나 주고받는 주제 아니던가.

"응, 부산은 따뜻하다."

아버지는 라디오를 틀었다. 지나간 유행가가 흘러나왔다. 지나간 유행가 가사를 괜히 머릿속으로 읽으며 그렇게 나는 아버지 차를 타고 집으로 가고 있었다. 우리 둘은 더는 말이 없었다. 사실 말이 딱히 필요하진 않았다.

개가
죽었다

휴가는 지옥 같았다. 이틀 동안 호텔 방에서 구토만 하면서 누워 있었다. 몸을 추스르고 나간 하라주쿠에서는 코피를 쏟았다. 그건 여행이 아니라 그저 견디는 것이었다. 김해 공항에 도착하는 순간 머릿속에 떠오른 건 요크셔테리어종 개 '뽀삐'였다. 이상하게 뽀삐가 보고 싶었다. 공항에 마중 나온 엄마에게 물었다.

"뽀삐는?"

엄마는 아무 말도 하지 않았다. 나는 그 순간 그게 무슨 의미인지 깨달았다. 그러나 일부러 머릿속을 지워버렸다. 집에 들어서는 순간 엄마가 말했다.

"이제 뽀삐는 없다."

나는 집 안으로 들어가지 못하고 그대로 달려 나왔다. 아파트 주차장에 앉아서 꺼이꺼이 울었다. 왜 휴가를 갔을까?

우리 이제 낭만을 이야기합시다

왜 마지막 날 집을 나서면서 애를 안아주지 않았을까? 비행기 시간은 급했고 나는 이미 그때부터 속이 체한 상태였다.

내가 마지막으로 본 뽀삐는 소파 밑에 우두커니 앉아서 바쁘게 뛰어나가는 나를 물끄러미 쳐다보고 있는 모습이었다. 혼자 주차장에 앉아 울면 울수록 그 모습이 생각났다. 그래서 더 눈물이 났다. 나는 왜 갔을까? 나는 왜 안아주지 않았을까? 나는 왜 바빴을까? 울다가 또다시 토했다. 아파트 잔디에 온통 토를 해놓고는 또 울었다. 나는 이렇게 서럽게 우는 것이 가능하다고는 생각지도 못했다.

내가 한국으로 돌아오던 날 새벽, 뽀삐는 유난히 거칠게 숨을 몰아쉬었다고 한다. 잠에서 깬 부모님은 그게 뽀삐의 마지막이 될 거라는 걸 알고 있었다. 아버지는 뽀삐를 안고 내 옛 방과 동생 방을 갔다.

"여기가 큰형님 방이고 여기가 작은형님 방이다."

그렇게 말했다. 엄마가 울면서 뽀삐를 안았다. 뽀삐는 엄마와 아버지를 번갈아 물끄러미 쳐다본 후 숨을 탁 멈췄다. 부모님은 그 새벽에 울면서 차를 몰고 부산 근교의 반려동물 화장장으로 갔다. 그러고는 곱게 뽀삐를 염한 다음 20만 원짜리 오동나무 관에 넣어서 태웠다. 아버지는 나에게 말했다.

"말이 돼? 미쳤다고 할 거야, 사람들이. 개한테 20만 원짜리 오동나무 관을 짜주다니."

말만 그랬다. 엄마에 따르면 화장터 사람들이 어떤 관으로 하겠냐고 의례적으로 묻자 아버지가 두말없이 그랬단다. 제일 좋은 관으로. 뭐든 상관없으니까 제일 좋은 거로 해달라고, 아버지가 그랬단다. 두 분은 차를 몰고 송정 근처 해동용궁사 바닷가에 뽀삐의 재를 보냈다. 바다에 날리는 순간 큰 파도가 와서 재를 확 채어 갔단다.

나는 남은 휴가 5일을 멍하니 누워서 지냈다. 동생 차를 타고 가다가는 또 한 번 울었다. 동생이 불평했다.

"에이 씨발. 니 때문에 길 잘못 들었잖아!"

나는 뽀삐의 마지막을 보지 못한 죄책감 때문에 잠을 자지 못했고, 또 밤새 질질 짰다. 그건 꽤 위선적으로 느껴졌다. 그래도 눈물은 멈추질 않았다. 뽀삐가 가고 나서 이틀 뒤 엄마와 함께 뽀삐가 남긴 고기 통조림과 영양제를 싸 들고 부산 근교의 해동용궁사로 갔다. 통조림을 숟가락으로 떠내어 바다에 하나하나 던졌다. 던질 때마다 파도가 와서 통조림 조각을 채 갔다. 엄마가 웃으면서 말했다.

"신기해라. 저거 봐라. 뽀삐가 와서 확 채 가는 거 같지 않니?"

우리 이제 낭만을 이야기합시다

그제야 나는 뽀삐를 정말로 보냈다는 생각이 들기 시작했다. 뽀삐는 죽었다. 열한 살 난 거만하고 심드렁하고 성깔 나쁜 요크셔테리어는 죽었다. 나를 단춧구멍 같은 눈으로 쳐다보면서, 산책을 데려가라고 왈왈 짖으면서 명령하던 우리 개는 죽었다.

집으로 돌아와서 TV를 보던 중 엄마가 말했다.

"사실은 뽀삐. 아빠가 델꾸 온 거 아니었다. 내가 델꾸 왔었다."

나는 그날까지도 뽀삐는 아버지가 친구네에서 얻어온 개라고 알고 있었다. 뽀삐를 키우기 전까지만 해도 엄마는 동물이라면 질색이었으니까.

"백화점 애견센터를 지나가는데 밤톨만 한 까만 게 막 나한테 기어오잖아. 그냥 지나쳤는데 밤새도록 애가 눈앞에 삼삼하더라니까. 그래서 다음날 아침에 부리나케 달려가서 안고 왔다."

그게 1998년이었다.

몇 년 전 아버지는 꿈을 꾸셨다. 자꾸 누가 발을 핥는 것 같아 내려다보니 뽀삐가 오른쪽 발을 핥고 있더란다.

"아이고 니가 돌아왔구나!"

기뻐하시는데 이번에는 왼쪽 발이 간지럽더란다. 알고 보니 뽀삐가 친구를 데려온 거였다. 뽀삐는 아버지를 빤히 쳐다봤고, 아버지가 다시 둘을 내려다보는 순간 뽀삐는 이미 사라지고 없었다. 대신 뽀삐가 데려온 친구 강아지만 왼쪽 발을 여전히 핥고 있었다. 새 강아지를 들이라는 소리구나. 아버지는 결심했다. 그 주말 나는 부모님과 저녁을 먹다가 말했다.

"강아지를 데려와야 할 것 같은데요."

엄마는 고개를 저었다.

"뽀삐가 생각나서 아직은 안 돼. 조금 더 있다가."

아직 부모님은 개를 키우지 않는다. 그리고 아직도 가끔 뽀삐 이야기를 한다. 아직은 시간이 필요하다. 하지만 언젠가는 부모님도 개를 다시 키우게 될 거다. 나는 알고 있다. 그게 바로 부모의 심정이니까.

어젯밤의
카레 맛

이즈미를 처음 만난 건 캐나다에서였다. '매리'라는 말도 안 되는 영어 이름을 가진 그녀는 보통의 일본 아이들과는 좀 달리 시원시원하게 말을 텄다.

"안녕. 난 매리라고 해. 일본 이름은 이즈미 안도야. 앞으로 친하게 지내. 난 한국 음식이 너무 좋아."

나보다 다섯 살이 어린 그녀와 금세 친구가 됐다. 1998년이었다. 나는 1년 뒤 한국으로 돌아가 대학생이 됐고, 졸업해서 외국을 떠돌다가 잡지사에 들어갔다. 그녀는 2년 뒤 일본으로 돌아가 무역 회사의 직원이 됐다. 이탈리아 가죽 제품을 수입하는 회사라고 했다. 웃음이 났다. 캐나다 시절 그녀는 이름이 엄청나게 길고 머리가 엄청나게 곱슬곱슬한 열여덟 살짜리 이탈리아 남자애랑 사랑에 빠져서 안절부절못했다.

이즈미가 한국을 처음으로 방문한 건 10여 년 전의 일이다. 그녀는 한국 음식을 좋아하고 나를 아꼈지만, 한국은 좀처럼 좋아하지 않았다. "한국 사람들은 너무 기가 세"라고 말하곤 했다. 그럴 때마다 반박하고 싶은 마음이 속에서 울컥 올라왔지만, 가만히 생각해보면 틀린 말도 아니었다.

여하튼 그녀가 한국을 온 것은 웃기게도, 한국에 사는 새 남자 친구 마이클을 만나기 위해서였다. 유럽 예술 영화에 심취한 마이클은 애틀랜타 출신의 주한미군이었다. "난 가족이 싫어"라고 그가 말했다. 보수적인 남부 개신교 가족에게서 벗어나 자립할 수 있는 유일한 길이 입대라고 했다. 그는 "돈을 모아서 다시 공부하려면 어쨌든 지금으로선 군대가 유일한 방법"이라며 웃었다. 나는 수시로 고개를 끄덕거렸다. 몸조심하고 돈도 많이 벌라고 말해줬다. 나는 미군 주둔에 조금 복잡한 심경을 갖고 있지만, 마이클 이 친구는 돈을 많이 벌어야 한다고 진심으로 생각했다.

하루는 마이클과 이즈미를 당시 내가 살던 상수동의 작은 오피스텔로 초대했다. 저녁은 직접 만든 소고기 카레였다. 타박한 살이 아니라 기름진 등심을 잔뜩 넣었다. 아스파라거스와 당근도 잔뜩 넣었다. 바몬드 카레를 정성스럽게 녹인 다음 꿀도 조금 넣었다. 통후추도 갈아 넣었다. 나는 카레를 만들면서 이즈미와 마이클의 미래를 생각했다. 마이클이 이즈미를 딱히 사랑하는 것 같지는 않았다. 마이클은 교토에서 이즈미를 만났다. 외국 생활을 오래 한 이즈미는 갑갑한 일본의 직장에서 매일매일 조금씩 죽어간다고 생각했고, 휴가를 내 교토로 갔다. 마이클은 조금 더 큰 동두천 같은 서울도 역시 갑갑하다는 생각에 교토로 휴가를 갔다. 외로운 여행자들은 만나자마자 같은 방에서 잤고, 다음 날 작별을 고했다.

이즈미는 마이클을 남자 친구라고 불렀지만, 나는 마이클도 이즈미를 여자 친구라고 생각하는지 확신을 할 순 없었다. 하지만 모든 관계란 어차피 그렇게 불공평하고 불공정하고 불안하고 불투명하다. 이즈미와 마이클이 이 순간 행복하다면 그걸로 된 거다. 그렇게 생각했다.

카레는 맛있었다. 아니, 내가 만든 최고의 카레였다. 등심을 지나치게 넣은 탓에 조금 기름졌지만, 우리는 기름이 필요했다. 카레를 먹으며 우리는 지금은 전혀 생각나지 않은 별 볼 일 없는 이야기를 밤새 웃으며 나눴다.

그 밤이 지나고, 이즈미는 '성차별적인 폭언을 매일매일 퍼부으면서도 자기가 그런다는 사실조차 모르는 마흔몇 살짜리 전형적인 도쿄 남자'가 상사로 있는 도쿄의 사무실로 돌아갔다. 마이클은 '사람 사는 냄새라고는 찾아볼 수도 없는' 동두천 근처의 캠프로 돌아갔다.

몇 달 뒤 이즈미는 나에게 전화로 마이클과의 이별을 알렸다. 마이클은 이미 사귀고 있는 한국 여자가 있었다. 둘은 한국에서 결혼식을 올렸다고 했다. 이즈미는 울지 않았다. 나는 아무 말도 하지 않았다. 어차피 그럴 수밖에 없는 관계라고 생각했으니까 말이다.

지금 이즈미는 도쿄에 살지 않는다. 그녀는 도쿄의 직장을 그만두고 후쿠시마의 고향으로 돌아갔다. 외동딸인 그녀는 지진과 원자력 발전소 사고로 엉망이 되어버린 고향에 머무르는 부모님 곁을 지키고 싶다고 했다. 지진이 계속되던 날 새벽, 내 전화를 받은 그녀는 이렇게 말했다.

"잠깐만. 좀 전에 또 흔들렸어. 있잖아, 나 내일 후쿠시마로 갈 거야. 걱정하지 마. 어차피 도쿄에는 별것도 없어."

나는 전화를 끊고 이즈미와 마이클과 내가 보낸 상수동의 그날 밤을 떠올렸다. 내일은 뭐가 될지 모르지만 어쨌거나 꽤 즐거웠던 그날 밤을 떠올렸다. 어디로 돌아가든 실망스러운 인생은 계속된다. 그럼에도 불구하고 우리가 살아가는 것은, 이를테면 '그날 밤의 카레 맛' 같은 것이 혀끝에 희미하게 남아 있기 때문이다.

모든 좋은 인연은 결국 끝날 때가
온다. 인연은 영원하지 않다.
결국 그건 '인간'의 연이다.

화초 토막 살해범의
눈물

알로카시아가 죽었다. 정확히 말하면 알로카시아 오도라. 굵은 육질의 뿌리줄기에 큰 방패 모양의 잎이 서너 개 달린 화초다. 키가 2미터나 되는 거대한 화초라 쉽사리 죽을상은 아니다. 그런데도 죽었다. 거대한 줄기와 뿌리가 통째로 썩어서 진물을 질질 흘리며 죽었다.

알로카시아가 죽은 지 1주일은 지난 뒤에야 나는 그 사실을 발견했다. 왠지 퍼석퍼석해진 줄기를 손으로 살짝 눌렀더니 허깨비처럼 푹 꺼져버렸다. 살릴 방법을 찾아 인터넷을 헤매고 다녔다. 검색할수록 마음이 아팠다. 이미 내 알로카시아는 요단강을 건너도 오래전에 건넌 상태였다.

알로카시아를 산 건 지난겨울이다. 나로 말하자면 선인장도 말려 죽일 만큼 화초에는 재능이 없는 인간이다. 하지만 새로 이사 온 아파트에서는 온실을 한번 꾸며보고 싶었다. 삭막한 독신남의 공간에 초록의 싱그러움 같은 걸 한번 끼얹어보고 싶었다. 알로카시아를 권한 건 초식남에 가까운 친구였다. 수많은 화초를 자식처럼 키워온 그는 초보자에게는 알로카시아가 딱이라 했다.

"물도 많이 줄 필요 없고 더위나 추위도 잘 견뎌."

옳거니. 바로 그거였다.

옳거니는 무슨 옳거니. 1년을 견디지 못하고 알로카시아가 죽은 것은 무름병이라 부르는 '지나친 사랑' 때문이었다. 겨우내 보일러에 바싹 마를까 걱정이 된 나머지 지나치게 물을 준 게 결정적 실수였다. 내가 끼얹는 지나친 애정에 알로카시아는 줄기와 뿌리가 썩어 죽었다.

나는 빵 자르는 칼로 알로카시아의 시체를 해체하기 시작했다. 내 키만 한 줄기와 뿌리는 모두 일곱 토막으로 절단해서 비닐봉지 일곱 개에 나눠 담았다. 〈복수는 나의 것〉의 송강호가 따로 없었다. 절단 부위에서 시커먼 액이 눈물처럼 흘러나왔다.

비닐봉지를 들고 계단을 내려가는데 환청이 들려왔다. 오래전 연인이 헤어지며 했던 말이 들려왔다.

"넌 나를 너무 사랑하는 것 같아. 그게 부담스러워."

서른과 마흔의 경계에 선 마포의 독신남은 알로카시아 시체를 담은 비닐봉지 일곱 개를 잠시 바닥에 내려놓은 채 마음으로 울었다. 사랑이 나를 울게 하고, 사랑이 나를 화초 토막살해범으로 만들었다.

나는   잡지 중독자다

나는 잡지쟁이다. 10여 년을 잡지에서 일했다. 이놈의 잡지란 건 휴식이 없는 글쟁이들의 무간지옥이다. 휴식? 꿈도 꾸지 마라. 대개 5년을 일하면 한 달의 안식월이 주어진다. 10년을 일하면 또 한 달의 안식월이 주어진다. 그걸로는 턱없이 부족하다. 나에게 필요한 건 안식년이었다. 머리를 쥐어짜며 사람을 만나고 글을 쓰다 보면 아무것도 하지 않고 넋 놓고 1년은 누워 있어야 다시 영감이라는 것이 오게 마련이다.

잡지사도 결국 회사다. 안식년 따위 당신에게 순순히 허락할 회사는 없다. 잡지를 그만두려고 마음먹었던 순간, 나의 계획은 다음과 같았다. 잡지를 그만두자. 1년을 쉬자. 좋은 것을 보고 좋은 사람을 만나고 좋은 것을 먹자. 그렇게 1년간 허송세월하자.

계획은 완벽하게 틀어졌다. 결국, 나는 또 다른 잡지로 옮겼다. 예전과 마찬가지로 머리를 쥐어짜며 일을 하게 됐다. 새 잡지에 들어온 한 달간은 스스로 끊임없이 캐물었다. '왜 황금 같은 휴식을 가질 기회를 마다하고 새로운 잡지로 옮긴 거지? 적어도 2~3년은 퇴직금을 까먹으면서 프리랜서로 설렁설렁 일하며 책도 쓰고 여행도 갈 수 있었을 거잖아? 이건 아마도 마지막 기회였을 거라고, 이 화상아!' 글 쓰는 허지웅은 내가 새 잡지에 들어갔다는 소식을 듣자마자 문자를 보냈다.

"그렇게 일했으면 좀 쉬지. 이런 일 중독자."

곰곰이 생각했다. 나는 일 중독자인가. 그건 아닌 것 같았다. 정답은 하나였다. 나는 잡지 중독자였다. 잡지를 보는 것도 좋고 만드는 것도 좋고 냄새를 맡는 것도 좋다. 심지어 남의 잡지에 감 놔라 배 놔라 하는 것도 즐겁기 짝이 없다.

그런데 내가 궁극적으로 만들고 싶어 하는 잡지가 대체 무엇인가를 스스로 물어보면, 아직 나로서는 완벽한 답을 내놓을 수가 없다. 한때는 일본판 《에스콰이어》 같은 걸 만들어보고 싶었다. 그들이 2007년 2월에 내놓은 스페셜 이슈는 '사진이 말하는 뉴욕의 최전선'이었다. 편집장의 말은 이랬다.

"로버트 프랭크, 다이안 애버스, 로버트 메이플소프, 낸 골딘…. 이 거리에 매료된 포토그래퍼들은 항상 사진을 통해서 시대를 견인하는 가치관을 우리에게 계속 제시해왔다. 9·11로부터 5년. 다시 활기를 되찾은 사진 도시 뉴욕의 현재 위치를 확인할 수 있도록, 거장을 방문하고 주목받는 젊은 작가들과 대화했다. 그리고 그들의 작품을 응시했다."

이 정신 나간 잡지는 로버트 프랭크가 말하는 반세기에 이르는 뉴욕 사진의 세계, 라이언 맥긴리 같은 젊은 작가들 인터뷰, 뉴욕의 사진 전문 서점 주인들이 선택한 서른다섯 권의 뉴욕 사진집 등으로 지면을 처음부터 끝까지 가득 채웠다. 혀를 내둘렀다. 이런 게 가능하다고? 대체 어떻게?

칸영화제에서 만나면 프렌치 스타일의 스테이크를 씹으며 거장의 후진 영화들을 함께 씹어대던 일본 기자 친구는 뉴욕에서 1년을 쉬다가 다시 일본으로 돌아갔다. 몇 년 뒤 다시 만난 그녀는 새로운 잡지에서 일한다고 했다. 어디냐고 물었다. 내 머릿속에서는 《브루터스》나 《펜》, 혹은 작은 영화 잡지들을 떠올리고 있었다. 그녀는 말했다.

"말해도 알진 못할 거야. 나도 이걸 말하는 게 조금 기분이 이상한데, 점성술 잡지야."

"대체 왜 거길 들어간 건데?"

내 질문에 그녀는 뭐 그런 걸 물어보냐는 듯이 답했다.

"들어갈 곳이 마땅치가 않았어. 그리고 나는… 역시 잡지에서 일하는 게 제일 재미있어."

맙소사. 그녀도 중독자다.

잡지의 전성기는 지나갔다. 좋은 잡지들은 점점 사라진다. 사람들은 이제 잡지를 보지 않는다. 맹렬한 구독자들로 운영되던 잡지는 이제 광고 수익으로만 운영된다. 일본판 《에스콰이어》도 문을 닫았다. 완전한 폐간이었다. 자신들이 하고 싶은 잡지를 만드는 것만으로는 수익이 남지 않았을 것이다. 좋은 잡지도 수익 없이는 버틸 수 없다.

나는 곧 온라인 매체로 옮겼다. 그것이 매체의 미래라고 생각했다. 하지만 오늘도 나는 새 잡지를 주문한 뒤 종이 냄새를 맡으며 안온함을 느낀다. 그건 매우 이율배반적인 행위다. 인간은 이율배반적인 존재다.

나, 어른은
아니었네

홍대를 걷는데 누가 물었다.

"스트리트 패션 잡지에서 나왔는데 사진 한 장 찍어도 될까요?"

스트리트 패션 잡지에 사진이 올라간다고? 두고두고 놀림거리가 될 것이 분명했다. 그게 아니라면 적어도 당시 근무하던 잡지에서는 한 2년 정도 우스갯거리가 될 게 틀림없었다. 단호하게 거절하고 돌아서면서도 기분이 썩 나쁘지는 않았다. 스트리트 패션 잡지라면 대개 피부 탱글탱글한 십 대와 이십 대 청춘의 사진만 골라서 찍기 마련이다. 일요일 저녁 의기소침한 기분을 안고 막창구이 집으로 향하는 남자의 스타일이 드디어 공식적으로 인정을 받는구나. 씨익 웃었다.

당시 입고 있던 옷은 이랬다. 몸에 딱 붙는 네이비색 빈티지 더블버튼 재킷. 목이 부담스럽지 않을 정도로만 살짝 파인 하얀색 면티. 살짝 발목 위까지 걷어 올린 회색 치노 팬츠. 이틀 내내 고민하다가 30여만 원을 냅다 투자해서 구입한 프랑스제 검은 뿔테 안경. 검은색 캔버스 천 스니커즈. 그리고 프랑스에서 영국 신문《가디언》을 사고 사은품으로 받은 에코백. 쇼윈도를 지나가면서 슬쩍 내 모습을 훔쳐봤다. 나이보다 다섯 살이 뭔가. 여섯 살은 더 어려 보였다. 씨익 웃었다.

　귀가해서는 서점에서 구입한 잡지들을 쇼핑백에서 하나하나 꺼냈다. 일본 잡지 몇 권과 여성 패션지 한 권이 나왔다. 여성 패션지를 구입한 건 부록 때문이었다. 6,800원짜리 잡지의 부록이 외국 출장 때 엄마 선물로 구입하곤 했던 갈색 병의 영양크림이라기에 구입한 터였다. 겨우 7밀리짜리 샘플이다. 하지만 공짜 아닌가. 게다가 잔주름을 획기적으로 줄여주기로 중년 여성들 사이에서는 소문이 자자한 제품이다. 만날 엄마에게 바치기만 했으니 나도 한번 써보자 싶었다. 마침 올해 생겨난 입가의 주름이 내내 신경 쓰이던 참이었다.

　화장실로 향했다. 갈색 병을 열어 진득한 크림을 손가락에 부어냈다. 엘리자베스 바토리가 젊음을 위해 처바르던

처녀의 피가 이랬을까. 얼굴에 바르는 순간 젊음의 아우라가 퀴퀴한 화장실을 채우는 듯했다.

갈색 병의 마법에 대한 염원이 부질없어진 건 그날 새벽이었다. 이십 대 시절의 피부 세포가 땀구멍 밑 어딘가에서 솟아나길 기대하며 인터넷을 켜고 오랜만에 대학 친구의 SNS에 들어갔다. 낼모레면 유치원에 들어갈 아들을 안고 입이 찢어지게 웃고 있는 아저씨의 얼굴이 모니터에 떠올랐다.

평소의 나라면 이렇게 생각했을 게다. '저렇게 볼품없는 오버사이즈 셔츠를 저렇게나 밑위가 긴 바지 속에 넣어 입다니 정말 아저씨가 다 된 거야?' 혹은 이렇게 생각했을 게다. '벌써 저렇게 자글자글한 눈가 주름이라니 아이크림을 바르는 거야, 마는 거야?' 그날 새벽은 달랐다. 환하게 웃고 있는 친구 얼굴이 아저씨의 얼굴이 아니라 어른의 얼굴처럼 느껴지기 시작했다.

그에게 중요한 건 입가에 새로 생긴 주름을 없애줄 영양 크림이나 여섯 살쯤 어려 보이게 만들어 줄 슬림한 더블버튼 재킷이 아닐 것이다. 정말로 중요한 건 자신의 젊음이 아니라 아들의 젊음일 것이다. 아들의 젊음을 위해 넣어둔 펀드 통장의 안정적인 숫자들일 것이다.

79

생애 처음으로 나는 대학 친구의 사진을 보며 삐딱하게 비웃지 않았다. 그리고 노화 방지용 액체가 질펀하게 발린 얼굴을 매만지며 생각했다. 지금 한국의 독신 남자들은 우아하고 젊은 싱글을 넘어서서 동안 콤플렉스와 나르시시즘으로 가득한 도리안 그레이로 진화하고 있는 걸까.

거울을 들여다봤다. 자기애라는 버릇에 도취한 아저씨가 보였다. 어른은 아니었다.

우리 이제 낭만을 이야기합시다

나는 운동을 하지 않는다

파란 거탑이 흔들렸다. 주 상병은 내무반에서 내 동기들을 불러놓고 소리쳤다.

"김도훈을 한 달 안에 축구 천재가 되게 만들어주겠어. 다들 기억해!"

키 185센티가 넘는 쾌남 주 상병은 전형적인 스포츠맨 타입으로서 행정반에 신병이 하나도 안 들어오는 바람에 행정병이 된 남자였다. 일설에 따르면 키 160센티 남짓한 고참에게 두들겨 맞으며 워드를 배웠다. 운 나쁘게도 나는 주 상병 아래로 들어갔다. 나는 워드 속도가 꽤 빠른 대학생이었다. 업무로 치자면야 주 상병에게 갈굼을 당할 이유는 별로 없었다. 그는 끝내 나를 갈굴 이유를 찾아냈다. 축구였다.

군대 축구는 전투축구라고 불린다. 룰은 간단하다. 계급이 낮은 병사에게 공이 오면 그 공은 무조건 계급이 높은 병사에게 돌아가야 한다. 고참 앞으로 덤벼드는 상대 중대 병사는 니킥을 날려서라도 막아야 한다. 나 역시 매주 토요일마다 전투축구에 참가해야만 했다.

그런데 나는 축구를 해본 경험이 없었다. 아니, 나로 말하자면 공이라는 물건을 아주 혐오하는 인간이었다. 이 공이라는 물체는 원하는 방향으로 던지거나 차도 도무지 원하는 방향으로 가질 않았다. 고등학교 체력장 시간에는 농구 코트 끝에서 공을 드리블한 뒤 바스켓에 넣기만 하면 되는 아주 간단한 시험이 있었다. 아무리 던져도 들어가지 않았다. 아마 나는 50번 정도 공을 바스켓을 향해 던졌던 것 같다. 강백호로부터 배운 풋내기 슛도 소용이 없었다. 선생이 외쳤다.

"그만해, 이 새꺄. 그냥 들어가!"

그건 내 잘못이 아니다. 정확하게 컨트롤도 되지 않는 공이라는 물건을 발명해서 그걸로 수십 가지 스포츠 종목을 만들어 나 같은 사람을 괴롭혀온 인류의 잘못이다.

전투축구 시간에도 나는 도무지 공을 고참 발밑으로 보낼 수 없었다. 찰 때마다 상대편 고참의 발밑에 공이 착지했다.

"저런 개발 같은 새끼!"

주 상병은 경기가 끝난 뒤에도 나를 연병장에 대기시킨 다음 공차기를 훈련시켰다. 그걸 한 달 하고 나니 내가 갑자기 손흥민 같은 천재로 거듭났느냐? 물론 아니다. 주 상병은 포기했다. 그는 포기를 모르는 정대만 같은 남자였지만 나는 강백호가 아니었다.

"너는 무슨 남자가 공도 못 차!"

주 상병이 소리를 지를 때 이렇게 대답하고 싶었다.

"남자가 공을 꼭 잘 차야 합니까. 대신 저는 상부에 보고할 서류를 당신보다 빨리 작성할 수 있습니다. 전쟁이 나면 제가 군인으로서 훨씬 쓸모가 있을걸요?"

물론 나는 그 말을 하지 못했다.

그 뒤 영영 스포츠는 할 필요가 없을 거라 생각했다. 어랍쇼. 잡지사에 들어갔더니 야유회라는 걸 갔다. 성인들의 야유회라는 곳은 물 좋고 볕 좋은 곳에 돗자리 깔아놓고 맥주나 마시는 건 줄 알았다. 누가 일정표를 건네줬다. '2시 족구, 3시 피구, 5시 보물찾기.'

보물찾기는 괜찮다. 가장 큰 사은품이 세탁기고 두 번째 사은품이 로봇 청소기였으니까. 문제는 족구와 피구였다. 다 큰 성인들이 족구 같은 군대적 스포츠와 피구 같은 초딩적 스포츠를 왜 야유회에서 하는 걸까.

"팀워크 강화를 위해서지!"

누가 그랬다. 부질없는 짓이다. 피구와 족구를 한다고 팀워크가 좋아지나. 골을 넣고 환호성을 지를 때는 십년지기 불알친구처럼 얼싸안고 서로의 몸을 비벼대겠지만 다음 날 출근하면 예전과 똑같이 머쓱한 사이가 될 게 뻔하다.

어쩌면 나는 팀 스포츠를 싫어하는 성격일 수도 있다. 팀을 나눠서 승부를 향해 달리는 행위 자체에 큰 의미를 두지 않는 인간형일 수도 있다. 그게 꼭 스포츠를 싫어한다는 의미는 아닐 수도 있다. 나는 혼자 하는 스포츠는 곧잘 하는 편이다. 아이스스케이트는 꽤 잘 탄다. 수영도 접영까지 능숙하게 해낸 역사가 있다. 하지만 나와 스포츠의 관계는 데이비드 베컴과 좋은 목소리의 관계 같은 것이다. 서로를 더하면 완벽해지겠지만 태생적으로 양립할 수가 없다는 소리다.

스포츠는 눈으로 즐기고 운동은 숨쉬기로 만족하던 어느 날 몸이 신호를 보내기 시작했다. 인터넷에 증상을 검색했더니 운동 부족이 가져오는 여러 가지 병이 줄줄 나왔다.

"고혈압, 비만, 당뇨 같은 성인병은 물론, 우울증이 쉽게 찾아오며, 그걸 극복하기 위해 약물을 남용하거나 자살을 시도하기도…."

맙소사. 나로 말하자면 생의 의지가 지나치게 심한 나머

지 장래 희망란에 '장수'라고 써놓을 정도로 구차한 인간이
다. 그런데 어느 날 온몸이 택시 시트 밑으로 꺼지는 것처럼
피곤했다. 입에서 "죽고 싶다"라는 말이 튀어나왔다. 그 말이
튀어나온 곳은 남산 순환로였다. 택시 옆으로는 가슴과 엉
덩이가 탄탄한 외국인이 조깅을 하고 있었다. 운동을 한번
시작해볼까? 그런 상상을 하는데 이번에는 오른쪽 팔과 어
깨가 뜯겨나갈 듯 욱신거리기 시작했다.

　병원에 갔다. 목 디스크라고 했다.
　"아니, 어떻게 이런 걸 참으셨어요? 3번과 4번 디스크가
완전히 튀어나와 있어요."
　의사는 오랫동안 컴퓨터 앞에서 나쁜 자세로 일해온 데다
가 운동을 하지 않은 것이 원인이라고 했다.
　"그럼 어떤 운동이 좋을까요?"
　의사는 고개를 설레설레 저었다. 나는 물었다.
　"카이로프락틱이라는 게 좋다던데요?"
　의사는 고개를 또 저으며 말했다.
　"운동은 아예 하지 마시고 집중 치료를 받읍시다. 약침
치료는 하루에 5만 원이고 일주일에 세 번 정도 오시면 됩
니다. 약은 아침저녁으로 하루 두 첩씩 드시면 되는데 이
건 우리 병원에서 할인 쿠폰을 발급받으시면 조금 더 저렴

하게….”

나는 약침 치료를 포기하고 목 디스크에 좋다는 베개를 샀다. 그리고 목 디스크라는 놈과 평생을 한번 같이 지내보기로 결심했다.

얄팍한 시대의

퇴장

1995년 여름의 학생회관은 발 디딜 틈이 없었다. 식은땀이 흘렀다. 이렇게 많은 사람이 와서는 안 될 일이었다. 이 모든 사태는 내가 있던 영화 동아리가 여름 영화제 상영작으로 왕가위 감독의 〈중경삼림〉을 선택하면서부터 벌어졌다. 1994년 홍콩에서 개봉한 〈중경삼림〉은 아직 한국에 개봉하지 않은 상태였다. 그런데 모두가 〈중경삼림〉을 알고 있었다. 그게 다 영화 잡지들 덕분이었다. 1995년에는 영화 잡지 《씨네21》과 《키노》와 《프리미어》가 동시에 창간했다. 모두가 영화 잡지를 읽었다. 영화 말고 즐길 게 없었기 때문만은 아닐 것이다. 20대의 우리는 뭔가 다른 걸 찾아 헤매고 있었고, 영화야말로 새로운 뭔가였다.

학생운동 시대의 끝물을 통과하던 80년대 학번 선배들은 우리를 보고 혀를 찼다. 지성인다운 의식이라고는 손톱만큼도 없는 엑스세대라고 치를 떨었다. 이상할 정도로 모두가 이 세대를 싫어했다. 이를테면 꽤 사회파적인 열혈 교수는 수업을 하다가 책을 집어 던지더니 우리를 향해 화풀이를 시작했다. 지금도 정확하게 기억난다.

"뭐? 마음 울적한 날에 거리도 걸어보고? 향기로운 칵테일에 취해도 보고? 한 편의 시가 있는 전시회장도 간다고? 웃기고들 있네. 이래서 니네 엑스세대가 안 되는 거야!"

정말이다. 그는 정말로 마로니에의 히트곡에 치를 떨면서 저 말을 했다.

우리 세대도 운동을 했다. 학과 친구 한 명은 87학번 선배를 따라 열심히 학회를 다니고 운동을 하기 시작했다. 당시에도 학교 정문에서 화염병과 최루탄이 날아다니는 시위는 간헐적으로 있었다. 문제는 이 친구가 미식축구부에 들어가기로 하면서 발생했다. 우리는 축하했다.

"캬. 미식축구라니. 그렇게 남성적으로 멋진 스포츠가 또 어디 있겠어."

가랑이에 차는 기어조차도 근사해 보였다. 87학번 선배에게는 그렇지 않았다. 선배는 친구를 학과실에 앉혀놓고 말했다.

"민족운동을 하는 사람이 제국주의의 스포츠를 하는 건

우리 이제 낭만을 이야기합시다

말이 안 된다."

친구는 어리둥절한 채 말했다.

"아니, 이 운동은 운동이고 저 운동은 저 운동이잖아요."

선배는 그것은 이치에 맞지 않는 일이라고 했다. 친구는 그것이야말로 이치에 맞지 않는 말이라고 했다. 두 이치가, 두 세대가, 두 세계가 1994년의 학회실에서 격돌하고 있었다. 친구는 곧 운동을 그만뒀다. 아니, 미식축구는 그만두지 않았다.

선배들은 〈상계동 올림픽〉 같은 사회 참여 다큐멘터리가 영화를 하는 사람들의 궁극적인 목표라고 했다. 우리는 왕가위의 영화가 더 좋았다. 심지어 왕가위의 영화를 보지 않았는데도 왕가위의 영화가 좋았다. 그게 문제였다. 그런 애들이 모조리 1995년의 학생회관에 모여 있었다. 겨우 구한 〈중경삼림〉의 불법 복제 테이프는 수백 번을 복제한 탓에 너덜너덜했다. 임청하와 왕정문의 얼굴도 구분할 수 없었다. 이런 걸 수백 명이 모인 학생회관에서 튼다면 우리는 성난 군중의 돌팔매에 맞아 죽을 수도 있었다.

상영이 시작됐다. 놀랍게도 영화가 끝날 때까지 누구도 자리를 뜨지 않았다. "유통기한이 5월 1일인 파인애플 통조림을 모았다. 파인애플은 그녀가 좋아하는 과일이고, 5월 1일은 내 생일이다. 30개의 통조림을 살 때까지 그녀가 오지 않으면 우리의 사랑도 끝날 것이다. 사랑에 유효기간이 있다면, 난 만년으로 하고 싶다"라는 대사가 나왔다. 쌍꺼풀 수술 전의 금성무가 이 대사를 내뱉자 관객들이 소리를 질러댔다. 돌이켜보면 그건 인생에 대한 가장 얄팍한 잠언록이었다.

그런데 당시의 우리에게는 뭔가 얄팍한 게 필요했다. 시대와 민족의 무게를 벗어버리고 그냥 얄팍하게 사랑과 인생을 즐기고 싶었다. 얄팍하면 얄팍할수록 좋았다. 한국 영화는 충분히 얄팍하지가 않아서 싫었다.

어느 날 실연한 선배가 말했다.

"새 한국 영화가 나왔는데 이게 끝내준대."

우리는 극장에 갔다. 제목은 '접속'이었다. 라디오 음악 프로 PD와 당대 처음으로 등장한 직업인 홈쇼핑 채널 호스트가 PC 통신으로 사랑을 키웠다. 시대의 클리셰를 모조리 끌어모은 듯한 이 왕가위적 한국 영화에서 젊은 전도연이 말했다.

"만나야 할 사람은 언젠가 꼭 만나게 된다고 들었어요."

이건 박광수 영화와도 장선우 영화와도 달랐다. 아주 근사했고, 기똥차게 얄팍했다.

극장을 나서는 길에 우리는 시내에서 헤이즐넛 커피를 가장 맛있게 끓이는 데다 삐삐 치기 쉽게 탁자 위에 전화기도 하나씩 놓인 커피숍에 들어갔다. 실연당한 선배는 "마치 내 이야기 같아"라고 말했다. 나는 부끄러운 줄도 모르고 이렇게 조언했던 것 같다.

"만나야 할 사람은 언젠가 꼭 만나게 된다잖아요."

언젠가는 그녀와 접속할 거라고 말해줬으나 그럴 리 없었다. 사랑에는 유효기간이 있고, 그건 파인애플 통조림보다 짧았다.

90년대의 유효기간도 파인애플 통조림보다 짧았다. IMF가 터지자 누구도 왕가위 영화를 보기 위해 학생회관에 모이지 않았다. 모두가 도서관으로 달려가서 영어책을 펼쳤다. 한국 역사상 가장 멋지게 얄팍했던 시대가 막을 내렸던 것이다.

우리는　　　　　모두
　　　　　　　　썸머 홀리데이를 간다

여름이 오면 생각나는 영화는 단 한 편이다. 그런데 내가 그 영화의 정체를 파악하는 데는 거의 10여 년이 걸렸다. 그 구구절절하고 애절한 스토리는 다음과 같다. 꽤 비극적일 수도 있으니 마음의 준비를 하시라.

영화를 처음으로 본 건 아마도 초등학교 고학년 시절, 아마도 〈MBC 주말의 명화〉였던 것 같다. 영화가 시작되면 영국 청년 몇 명이 빨간 런던 이층버스를 타고 유럽 여행을 간다. 대체 그들이 어떻게 영불해협을 건넜는지는 기억이 나지 않는다. 유로터널이 생긴 지금도 자동차를 직접 운전해서 해협을 건널 수는 없다. 터널이 생긴 것이 1994년이니, 당연히 이 영화의 배경은 그보다 훨씬 전이다. 어쨌거나 이 영국 청년들은 당대는 물론이고 지금도 불가능한 판타지를 실현한 셈이다.

우리 이제 낭만을 이야기합시다

이 남자들은 하여간 유럽 대륙을 신나게 여행하다 어디선가 좀 예쁘장하게 생긴 남자아이를 태우게 된다. 그리고 영화는 우리가 익히 아는 그 장르로 들어선다. 〈성균관 스캔들〉과 〈커피 프린스 1호점〉의 장르. '남장 여자 로맨스' 말이다. 알고 보니 남자아이는 그리스 공주였다. 잠깐. 어째서 그리스 공주냐고? 그리스는 공화국 아니냐고? 그리스는 1974년에야 왕정에서 공화국으로 바뀌었다. 그러니 아마도 이 영화는 1974년 이전에 만들어진 영화일 것이다.

고전 영화를 좋아하거나 나와 비슷한 나이에 〈MBC 주말의 명화〉에 빠져 있었던 사람이라면 이 영화가 뭔지 지금쯤 짐작이 갈 것이다. 바로 클리프 리처드 주연의 뮤지컬 영화 〈썸머 홀리데이〉다. 나는 대학교 시절에야 이 영화의 정체를 깨달았고, 겨우겨우 DVD를 구하는 데 성공했다. 그 시절의 추억을 되살리기 위해 영화를 틀고 30여 분이 지났을 때 나는 모든 영화광이 항상 되새기면서도 결정적인 순간에 잊어버리고는 절규하는 법칙을 다시 한번 깨닫고야 말았다. 당신이 어린 시절에 본 명작은 성인이 된 이후에 절대 다시 보지 말아야 한다는 바로 그 법칙 말이다.

영화는 엉망이었다. 1962년에 만들어진 〈썸머 홀리데이〉는 당대 최고의 아이돌 스타 중 한 명이던 클리프 리처드의 인기를 등에 업고 졸속으로 만들어진 영화였다. 이상은의 명성을 얻고 만든 〈담다디〉, 〈바람 바람 바람〉의 김범룡이 출연한 〈졸업여행〉, 젝스키스가 주연한 〈세븐틴〉을 한번 떠올려보시라. 혹은 스파이스 걸스의 〈스파이스 월드〉 기억나시는가? 아무것도 기억나지 않는다고? 당연한 것 아니겠나. 당대 최고의 인기 가수를 등에 업고 졸속으로 만든 싸구려 영화들을 극장에서 돈을 내고 본 사람들은 신비한 자연법칙의 힘을 얻어 그 사실 자체를 잊어버리게 된다. 거의 초자연적인 현상이라고 해도 좋을 것이다.

〈썸머 홀리데이〉도 그런 영화였다. 클리프 리처드가 그 유명한 주제곡 〈썸머 홀리데이〉를 부르는 순간은 지나치게 앞부분이어서 실망스러웠다. 게다가 영화의 내용은 1953년도에 나왔던 〈로마의 휴일〉에다 1956년 작인 〈80일간의 세계일주〉를 마구 뒤섞은 짜깁기의 연속이었는데, 클리프 리처드의 팬들이 자지러질 만한 주제곡 몇 개를 삽입하니 더욱 가관이었다. 그나마 1960년대 초의 아테네를 내려다보며 클리프 리처드가 노래하는 거의 마지막 장면이 약간 심금을 울리기는 했다. 잘 생각해보니 그건 그 시절의 아테네가 참으로 아름다웠기 때문인 것 같다.

하지만 무슨 상관이겠는가. 이불을 뒤집어쓰고 눈을 반짝거리던 열 살 남짓한 아이의 눈에 빨간 이층버스를 타고 유럽 대륙을 횡단하던 청년들의 모험이 얼마나 굉장했을지를 한번 상상해보시라. 그로부터 20여 년이 지나 런던에 처음으로 발을 디딘 뒤, 빨간 이층버스를 타고 피커딜리 서커스를 지나면서 〈썸머 홀리데이〉를 흥얼거렸을 남자의 기분을 한번 상상해보시라.

나는 여름이 오면 항상 〈썸머 홀리데이〉를 본다. 클리프 리처드의 노래들을 따라 부르면서 유럽 대륙을 가로지르던 내 가슴은 1962년의 아테네가 내려다보이는 언덕 위에 멈추고, 이 엉터리 같은 영화의 마지막에 결국 운다. 아무리 생각해도 내 젊은 날은 모조리 다 서툴고 엉터리 같았는데, 그 엉터리 같아서 즐겁던 젊은 날의 여름이 다시 오지는 않을 것 같아서다.

젊음을 　　　　봉인한 영화

나는 가끔 토끼상의 남자가 나타나는 꿈을 꾼다. 일 년에 두어 번 등장하는 이 남자의 얼굴을 볼 때마다 몸이 땀에 푹 젖은 채 침대에서 몸을 일으키곤 한다. 대체 이 남자가 언제부터 내 무의식 속으로 찾아오기 시작했는가 생각해보니, 그건 확실히 영화 〈도니 다코〉를 본 이후부터였던 것 같다.

아마도 지금 이 글을 읽는 당신은 〈도니 다코〉라는 영화에 대해 잘 모를 게 틀림없다. 이 영화는 한국에 아주 잠깐 개봉한 뒤 DVD로 직행했다. 그것도 IPTV가 없던 시절에 말이다. 대게 이런 영화들은 마니아들 사이에서 입소문을 타고 또다른 마니아들 사이에서만 전파된 뒤, 지적 허영의 DVD장 속에서 짧은 생애를 마감한다. 슬픈 일이다.

내가 〈도니 다코〉를 본 건 영국 살던 시절의 일이다. 브리스틀이라는 암울하고 언더하고 글루미한 도시는 겨울이 되

우리 이제 낭만을 이야기합시다

면 심지어 더 암울하고 언더하고 글루미해졌다. 서울처럼 춥진 않지만 오솔오솔 스며드는 냉기와 오후 4시면 찾아오는 밤이 아주 끝내줬다. 내일 지구의 종말이 온다고 해도 하등 놀랄 일 없는 그런 계절이었다.

그 우울함이 절정에 이르던 어느 날, 나는 친구들과 영화를 보기로 했다. 목적지는 브리스틀 교외의 한적한 벌판에 세워진 신축 쇼핑몰 속의 영화관이었는데, 친구의 30년 된 중고 닛산을 타고 바라본 교외의 풍경은 무슨 달 표면에 드문드문 세워진 도시처럼 황량했다.

"뭘 볼까?"

친구가 말했다. 이미 영화관에 도착하면서부터 교외의 음울한 풍광에 넋이 나가 있던 나는 극장 한쪽에 걸려 있던 포스터를 가리켰다. 포스터에는 토끼 분장을 한 사내가 그려져 있었다. 겨울 블록버스터 사이에서 초라하고 음침하게 끼어 있는 그 영화는 한없이 우울해 보였는데, 우울함은 우울한 영화로 풀어야 한다는 나의 개똥철학에 그 영화를 선택했다.

〈도니 다코〉는 이를테면 시간 여행에 관한 우화다. 도니 다코라는 젊은이는 꿈속에서 프랭크라는 토끼 사내를 만난다. 프랭크는 도니에게 이렇게 예언한다. 28일 6시간 43분 12초 뒤에 세상은 끝장이 날 거라고. 그리고 도니의 집에는 공중에서 폭발한 747 여객기의 엔진이 떨어져 내린다. 몽유병의 은혜를 입지 않았더라면 엔진은 가혹하고도 놀라운 적중률로 도니의 몸을 짓이겼을 것이다.

도니는 살아남는다. 어두운 비밀을 간직한 뉴에이지 전파자가 동네로 스며들고, 그레이엄 그린의 책은 금지당하고, 듀카키스와 조지 부시 1세는 선거 유세를 벌인다. 그리고 세상의 종말은 점점 다가온다. 1988년의 미국. 그곳이 바로 〈도니 다코〉의 세계다. 미래를 알고 있는 도니 다코는 이제 결정을 해야 한다. 자신이 죽으면 세계의 종말은 오지 않는다. 자신이 죽지 않으면 세계는 종말할 것이다.

나는 이 종잡을 수 없는 영화를 보며 어떤 정신착란의 상태로 빠져들었다. 이건 지구 종말과 시간의 법칙에 대한 가장 몽환적으로 아름다운 영화였고, 브리스틀 교외의 월면 같은 풍광과 마치 같은 시공간인 것처럼 이어졌다. 한국의 친구에게 전화로 소리를 쳤다.

"나 오늘 굉장한 영화를 봤어. 정말 굉장한 영화를 봤어."

그로부터 몇 년이 채 지나지 않아 〈도니 다코〉는 컬트 영화가 됐다. 2001년 선댄스 영화제에서 호평을 받으며 출발한 이 괴이한 영화는 2001년 10월에 미국에서 개봉했고, 영국에서는 11월 즈음에 개봉했다. 그리고 끔찍한 실패를 맛보았다. 배급사인 뉴마켓필름스는 〈도니 다코〉를 세련된 10대 호러 영화로 광고했지만, 관객들은 모든 것이 흐릿하게 숨겨져 있는 영화의 이야기 속에서 길을 잃어버렸다.

도니의 백일몽이 입소문을 타기 시작한 것은 극장에서 내려온 이후였다. 소수의 팬이 인터넷 포럼에서 〈도니 다코〉라는 기묘한 영화에 대해 떠들어대기 시작했고, 뒤늦게 팬덤을 불린 〈도니 다코〉는 무명의 제이크 질렌할을 스타로 만들었다. 자그마한 소품인 〈도니 다코〉는 결국 열광적인 관객들이 뒤늦게 어둠으로부터 건져낸 영화다.

그런데 이 작품이 나처럼 정신 나간 몇몇 관객의 열광만으로 생명을 유지해왔다고 말하는 것은 조금 안일한 일이 될 거다. 〈도니 다코〉는 영화적 힘만으로도 21세기에 태어난 가장 인상적인 데뷔작 중 하나로 불릴 자격이 있다. 신인 감독 리처드 켈리는 다층적인 결을 지닌 캐릭터를 태피스트리처럼 얽혀 있는 시공간 속으로 집어 던져 흥미진진한 백일몽을 창조해낸다. 시놉시스를 요약하는 것이 부질없는 이 작품을 통해 리처드 켈리는 아무것도 설명하려 들지 않는다. 그래서 데이비드 린치의 〈멀홀랜드 드라이브〉와 〈블루 벨벳〉을 〈백 투더 퓨처〉의 무대로 던져놓은 듯한 영화는 막이 내릴 때까지 모호한 백일몽에 머무른다. 수많은 해석과 해석들이 있다. 〈도니 다코〉는 정신분열증 환자가 꾼 시간 여행의 몽상일 수도 있고, 시간 여행자가 경험한 정신 분열의 세계일 수도 있다. 혹은 〈도니 다코〉는 한 영화광 청년이 자신이 사랑하던 모든 것들을 집어넣어 창조한 꿈일는지 도 모른다.

내가 이 영화를 처음 본 2001년 이후, 10여 년 동안이나 토끼상의 남자가 나타나는 꿈을 꾸게 된 이유는 뭘까. 그것은 오로지 영화의 힘만은 아닐지도 모르겠다. 그러니까 그 꿈의 뒤편에는 2001년 겨울 브리스틀의 황량한 교외와 20대의 마지막 젊음, 그 젊음이 어쩌면 마지막일지도 모른다는 우울함, 그 모든 것이 뒤섞여 불안한 미래를 걱정하던 나와 친구들, 그 모든 감정이 각인되어 있을지도 모른다. 어쩌면 그 때문에 나는 〈도니 다코〉의 DVD를 쉽사리 DVD 플레이어에 집어넣지 못하는 걸지도 모른다.

대신 나는 영화 속에 삽입된 INXS의 〈Never Tear Us Apart〉를 종종 듣는다. "나는. 나는 서 있었다. 너는 거기에 있었다. 두 세계가 충돌했다. 그러나 그들은 우리를 결코 떼어놓지 못할 것이다(I. I was standing. You were there. Two worlds collided. And they could never tear us apart)."라고 읊

우리 이제 낭만을 이야기합시다

조리는 마이클 허친스의 목소리는 어딘지 모르게 신기가 서려 있다. 게다가 그건 죽은 자의 목소리다. 마이클 허친스는 1997년 시드니의 리츠칼튼 호텔에서 목을 매고 죽었다. 서른일곱의 나이였다.

나는 서른일곱 살을 이미 지나친 채 계속 살아오고 있다. 도니 다코는 지구의 종말을 막고 죽었고, 마이클 허친스는 삼십 대의 종말을 막아 세운 채 죽었다. 내 젊음의 불안은 〈도니 다코〉에 봉인됐다.

어쩌겠나,
모두가 다프트 펑크가 될 순 없는 걸

나는 일렉트로니카 음악을 좋아한다. 그렇다. 디제이들이 만드는 전자음악을 말하는 거다. 혹은 당신은 일렉트로니카 음악의 한 줄기인 '테크노'라는 이름으로 이 장르 전체를 총칭하고 있을 수도 있다. 기본적으로 일렉트로니카는 춤추기 위한 음악이다. 당연히 클럽신과도 연관이 있다.

내가 일렉트로니카 음악에 빠진 건 영국에 살던 시절부터였다. 하우스메이트 중 두 명이 초보 디제이였고, 친한 친구의 남자친구는 모조리 디제이들이었다. 그들을 따라 클럽에 갔다가 오감을 모조리 열어젖히는 음악적 세례에 도취된 나는 그렇게 주말마다 디제이들을 따라다니며 춤을 췄다.

특히 나와 친했던 디제이는 하우스메이트인 토마스였다. 그는 턴테이블과 LP로 가득 찬 좁은 방에서 매일매일 디제잉을 연습했다. 낮에는 피자 배달을 하던 그의 꿈은 당연히

우리 이제 낭만을 이야기합시다

유명한 디제이가 되어 돈도 벌고 포르쉐도 사고 중산층 동네에 집을 짓고 예쁜 여자들을 불러서 죽을 때까지 파티를 즐기는 거였다. 나는 꼭 그러라고 했다. 그래서 매일매일 그의 방에 가서 트는 음악에 맞춰 고개를 까닥거려줬다. 그게 2002년이었다.

〈에덴: 로스트 인 뮤직〉은 일렉트로니카 음악이 첫 전성기를 맞이하던 1990년대 중반부터 시작해 20여 년의 세월을 훑고 현재로 당도하는 영화다. 일렉트로니카 음악의 한 장르인 '개라지'를 좋아하던 주인공 폴은 친구 스탄과 '치어스'라는 이름의 디제이 듀오로 활동을 시작한다. 당시 프랑스 일렉트로니카 음악은 당대는 물론 지금까지도 거대한 인기를 누리고 있는 '다프트 펑크'의 데뷔 앨범이 나오면서 일종의 뉴웨이브를 열어젖히고 있었다. 치어스 역시 인기를 얻는다. 하지만 사람들은 그들의 음악에 금세 질린다. 폴은 별로 벌어둔 돈도 없다. 그렇게 20년이 지난다.

거의 다큐멘터리에 가까운 어조로 20년을 스윽 훑어나가는 〈에덴: 로스트 인 뮤직〉은 꽤 가혹한 실패담이다. 함께 친구의 하우스 파티에서 음악을 틀던 다프트 펑크는 20년의 세월이 지나면서 슈퍼스타가 된다. 치어스는 여전히 이류 클럽에서 입에 풀칠할 돈만 받고 20년 전과 똑같은 음악을 튼다. 클럽 주인이 말한다.

"이제 너희가 하는 음악은 구려. 좀 다른 장르를 해봐."

폴은 고집이 세다. 그럴 생각이 없다. 자신의 재능을 믿기 때문이다. 문제가 있다면, 그는 사실 재능이 없다는 것이다.

아마도 당신은 노력이 재능을 이길 수 있으리라 믿을 것이다. 적어도 우리의 학교와 부모는 그렇게 가르쳤다. 어쩌면 당신의 서재에는 맬컴 글래드웰의 책《아웃라이어》가 꽂혀 있을지도 모른다. 자기 분야에서 최고가 되려면 선천적인 재능보다는 1만 시간의 노력이 더 중요하다는 이야기를 건네는 책이다. 정말?

잭 햄브릭 미시간주립대 연구팀은 노력과 재능의 관계를 조사한 88개 논문을 대상으로 연구를 한 적이 있다. 여기서 나온 결과는 놀랍다. 공부에서 노력한 시간이 실력의 차이를 결정짓는 비율은 겨우 4퍼센트였다. 이 수치를 보면서 나는 아침이고 밤이고 코피를 흘리며 공부를 하는데도 자율학습 시간에 도망쳐서 극장에 가곤 하던 나보다 언제나 성적이 형편없이 낮던, 그래서 나를 종종 원망스럽게 쳐다보던 고3 시절 친구의 흔들리던 눈동자가 생각났다.

게다가 음악에서 노력이 미치는 영향은 21퍼센트, 스포츠는 18퍼센트였다. 결국 선천적인 재능이 중요하다는 연구인

데, 이쯤에서 나는 또 모차르트를 질투한 살리에리의 비명이 떠오르는 것이다.

"신이시여! 욕망을 주셨으면 재능도 주셨어야죠!"

디제이가 되고 싶어 낮에는 피자 배달을 하고 밤에는 클럽 한쪽에서 음악을 틀던 친구 토마스는 10여 년을 디제이로 일하다가 몇 년 전 포기했다. 그리고 지금은 핸드폰 가게에서 일한다. 그는 몇 해 전 아이를 낳았고, 재작년 이혼을 했다. 그래도 행복하다고 말한다. 나는 얼마 전 그에게 페이스북 메시지를 보냈다.

"디제이는 계속할 생각 없어? 너는 음악 트는 걸 제일 좋아했잖아."

답변이 돌아왔다. 글은 없었고, 딸이 환하게 웃는 사진이 있었다. 아마도 '이제 딸을 키워야 하는 가장인데 답이 없는 걸 계속할 수는 없잖아'라는 의미였을 것이다.

솔직히 말하자면 그 친구는 재능이 없었다. 그래도 나는 그가 음악을 틀던 클럽에 꼬박꼬박 가서 춤을 췄다. 하지만 나는 그 친구가 절대 유명한 디제이로 성공할 수 없을 거라고 확신했다. 당시에는 그 말을 하지 않았다. 그도 그 사실을 잘 알고 있다는 사실을 나도 잘 알고 있었다.

그렇다. 이것은 지겨운 세대론 이야기다. 대기업 다니는 친구가 말했다.

"요즘 젊은 직장인들이 제일 싫어하는 꼰대는 386 꼰대가 아니라 엑스세대 꼰대래."

나는 무릎을 쳤다. 설명이 필요 없을 정도로 지나치게 완벽한 문장이었기 때문이다. 이 문장이 이해되지 않는다면 설명을 좀 하겠다.

일단 세대론에 밝지 못한 분들을 위해 한국의 세대를 구체적으로 나눠보자. 1950년대 중·후반에서 60년대 초·중반에 태어난 세대가 '베이비붐 세대'다. 60년대 중반에서 70년대 초반생은 '민주화 세대'라고 한다. 386이다. 70년대 초·중반에서 80년대 초반생은 'X세대'로 묶을 수 있다. 그 이후는 모두 밀레니얼 세대로 묶어도 괜찮지 않을까 싶다.

회사로 따지자면 밀레니얼 세대는 신입사원에서 과장, 엑스세대는 차장 혹은 부장급이다. 부장급 이상은 거의 386세대다. 친구는 밀레니얼 세대 직원들이 엑스세대를 더 싫어하는 이유를 이렇게 설명했다.

"386 꼰대들은 그냥 꼰대잖아. 어차피 말이 안 통해. 그런데 엑스세대 꼰대들은 이러는 거지. '이런 게 새로워? 너희보다는 내 아이디어가 더 신선하지 않아?' 당연히 누가 더 싫겠어. 말 안 통하는 꼰대보다는 지가 더 생각이 젊고 자유롭다며 뻐기는 상사가 더 싫지."

물론이다. 엑스세대는 여전히 한국에서 가장 거침없는 세대일지 모른다. 여러 일간지의 설문 조사를 보자면 1970년대생 엑스세대는 정치적으로 가장 진보적인 기운을 잃지 않는 세대인 것으로 나타난다. 그것이 종종 문제가 된다. 엑스세대는 위아래에 대해 불만이 많거나 위아래와 잘 섞이지 못한다. 세상을 자신들이 바꿨다는 386의 자부심을 경계하면서도, 안전과 안정을 추구하는 밀레니얼 세대와는 의견이 상충한다. 엑스세대는 문화적으로 표현의 자유에 더 높은 가치를 둔다. 밀레니얼 세대는 그렇지 않다. 엑스세대는 여전한 개인주의자들이다. 밀레니얼 세대는 개인보다 더 높은 집단적 가치가 있다고 여긴다.

미국도 비슷하다. 월드 밸류스 서베이의 '세계 가치관 조사'에 의하면 미국 밀레니얼 세대의 30퍼센트만이 '반드시 민주국가에서 살아야 한다'고 답했다. 엑스세대는 그렇지 않았다. 퓨리서치센터 조사에 의하면 밀레니얼 세대의 40퍼센트는 '정부가 특정 유형의 모욕적 발언을 규제해야 한다'고 믿었다. 이런 의견을 가진 엑스세대는 27퍼센트에 그쳤다. 한국도 조사를 한다면 비슷한 결과가 나올 것이다.

한국의 엑스세대는 비록 짧지만, 장밋빛 미래를 꿈꾸며 '거품'을 경험했다. 그것이 정치적으로 공정하든 공정하지 않든 개인주의가 집단주의보다 중요하다는 여전한 믿음이 있고, 무한한 표현의 자유에 강박적 신뢰도 있다. 그 때문에 엑스세대는 밀레니얼 세대의 공포와 불안을 온전히 이해하는 데 어려워하는지도 모른다. 미국 일간 《뉴욕타임스》는 "밀레니얼 세대는 왜 자유를 경계하는가?"라는 칼럼에서 민주주의와 표현의 자유에 대한 밀레니얼 세대의 경계심에 '공포'가 숨어 있다고 해석했다.

공포는 자유의 가장 큰 적이 맞다. 그 공포는 윗세대가 만들어놓은 허약한 경제·사회·정치적 토대가 만들어낸 괴물이다. 두 세대는 같은 고통을 통과하고도 조금 다른 눈으로 세상을 본다.

우리 이제 낭만을 이야기합시다

두 세대의 차이를 좁힐 방법? 그런 환상적인 방법이 있다면 누군가 제발 나에게 알려주길 바란다. 다만 한 가지 다짐은 해볼 수 있다. 밀레니얼 세대에게 '젊고 자유로운 엑스세대 아저씨'가 되고 싶어 하는 노력을 아예 포기하자는 것이다. 솔리드가 컴백했어도 그게 우리를 젊고 힙한 오빠로 만들어주지는 않는다. 아저씨의 역할은 매우 죄송하지만, 이미 어쩔 도리 없는 386세대에게 온전히 바치면 될 일이다. 그런 다음 우리는 비슷하고도 아주 다른 두 세대의 격차를 좁힐 방법에 대해 본격적으로 이야기를 시작할 수 있을 것이다.

2부 ────────────────

품격과

허영

사이에서

인간의   집

부끄러운 이야기지만 내 꿈은 건축가였다. 더 부끄러운 이야기라면, 꿈을 꾸기에는 너무 늦은 나이에 건축가의 꿈을 꿨다는 거다. 행정학과를 졸업해 영화 잡지에 들어간 20대 후반의 인생 여정에서 건축가의 꿈을 꿨다니. 이런 건 잠자리에 들기 직전 떠올려보는 로또 당첨의 망상과 다를 바가 없다.

각설하고, 여전히 나는 건축이 영화만큼 중요한 종합 예술의 형태라고 믿는다. 프랭크 게리를 보면 루이스 브뉘엘이 떠오르고, 오스카 니마이어와 미켈란젤로 안토니오니 중누가 더 위대한지 판단할 수가 없다. 안도 다다오와 오즈 야스지로 중 누굴 선택할지도 묻지 마시라. 나는 그런 질문에는 도저히 대답할 수가 없다.

일본 건축가 안도 다다오는 오랫동안 사랑해온 건축가 중 한 명이다. 그에 관련된 책은 꽤 많이 출간됐다. 도쿄대 대학원에서 한 강의를 토대로 쓰인 《연전연패》와 마쯔바 가즈키요와 함께 쓴 《안도와 함께한 건축여행》 같은 책들 말이다. 그런데 《나, 건축가, 안도 다다오》의 표지를 보는 순간 넋이 나갔다. 아라키 노부요시가 찍은 다다오의 클로즈업된 얼굴과 '나, 건축가, 안도 다다오'라는 문구가 정말 무시무시했다.

첫 챕터를 보는 순간 겁에 질렸다. 다다오의 아틀리에는 건물을 드나드는 스태프들이 반드시 다다오를 거쳐 지나가야 하는 장소다. 스태프들은 이메일, 팩스, 개인용 전화도 금지다. 일을 대하는 그의 매서운 경건함은 회색 콘크리트로 지어 올린 그의 집들을 쏙 빼닮았다. 그가 말한다.

"이런 나와 호흡을 맞춰야 하는 스태프들도 꽤 고단할 것임에 틀림없다."

고희의 예술가가 생애 마지막으로 쓴 이 자서전은 안도 다다오의 모든 것이다. '빛의 교회'나 '롯코 집합주택' 같은 대표작들을 건설한 이야기(자본, 공무원, 건축적인 불가능함과의 투쟁을 보노라면 그는 확실히 일본 건축의 체 게바라 같은 인간이었지 싶다)도 재미있지만, 프로 복서로 출발해 독학으로 건축가가 된 이른 삶의 여정도 흥미진진하다.

그런데 이 단단한 책을 읽다 보니 갑자기 스스로 질문을 던지게 됐다. 그러니까 말이다. 과연 내가 안도 다다오가 지은 집에서 살 수 있을까? 아니, 그가 지어 올린 집에서 정말로 살고 싶을까? 내가 직접 목도한 다다오의 작품은 그의 가장 재미없는 작품이라고 생각하는 '오모테산도 힐스 쇼핑몰' 뿐이다. 나는 그가 건축한 집을 단 한 번도 본 적이 없는 채로 그의 집을 선망해왔다.

그런데 《나, 건축가, 안도 다다오》를 읽다가 한 챕터에서 파랗게 질려버렸다. 그가 처음으로 지은 '아즈마 하우스'는 특유의 노출 콘크리트로 만들어졌다. 노출 콘크리트가 나쁜 건 아니다. 비록 파주 헤이리에 가면 이 노출 콘크리트 공법의 유행이 만들어낸 끔찍한 광경을 볼 수 있지만, 그래도 노출 콘크리트는 여전히 꽤 근사한 집의 재료라고 생각한다. 문제는 아즈마 하우스의 구조였다.

아즈마 하우스는 중간에 기다란 중정이 있다. 이 중정은 천장이 없다. 그러니 집 안에 하늘이 뻥 뚫린 마당이 있는 구조다. 만약 당신이 침실에서 잠을 자다가 화장실을 가고 싶다면 신발을 신고 이 중정을 지나가야 한다. 비라도 오는 날이면 우산을 쓰고 신발을 신고 침실에서 화장실까지 걸어야만 한다. 맙소사. 이걸 과연 집이라고 할 수 있을까. 다다오는 아즈마 하우스의 설계를 부탁한 집주인에게 이렇게 말했다.

"나에게 설계를 맡긴 이상 당신도 완강하게 살아내겠다는 각오를 해주기 바란다."

이 대목을 읽다가 다시 표지를 봤다. 완강한 각오로 가득한 예술가의 얼굴.

나는 책을 덮으며 고개를 설레설레 흔들었다. 안도 다다오는 어쩌면 인간을 위해 집을 지은 건 아닐지도 모른다. 그의 집에서 살아내는 데 필요한 것은 거대한 예술품 속에서 살아간다는 어떤 예술적 자기 최면일 것이다.

나는 안도 다다오의 불편하기 그지없는 노출 콘크리트 예술품 속에서 힘겹게 살아갈 필요는 없다는 것에 안도를 느끼며 주변을 둘러봤다. 대기업의 상표가 붙은 스물다섯 평 맞춤형 아파트가 거기에 있었다. 옆집, 윗집, 아랫집과 똑같이 방 세 개와 화장실 두 개가 있는 인간의 집.

별안간 나는 비가 쏟아지는 예술품 속에서 사는 것에 대해 상상하기 시작했다.

40대가 되면 어르신들이
"나이 들면 뭔 소린지 알 거다"라고
하던 말이 점점 더 이해가 되기
시작한다. 40대가 되면
내가 어릴 때 "나이 들어서 이해
못 하시는 거예요"라고 하던 말이
점점 더 이해가 되기 시작한다.

장인의 흔적

카메라를 샀다. 무거운 일안 반사식 카메라는 염두에 두지 않았다. 즉각적으로 결과물을 보여주는 디지털카메라는 어째 좀 재미가 없었다. 이왕이면 필름카메라가 좋았다. 이왕이면 작고 가벼운 자동 똑딱이(Point&Shoot) 카메라가 좋았다. 어떤 동네 사람들처럼 일 년 중 삼십 일을 남프랑스 해변에서 여름휴가로 보내는 호사를 누리는 것도 아니니 이왕이면 조금 값비싸고 좋은 것을 사고도 싶었다. 명품에 대한 욕망에는 '허영이지만 사치는 아니다'라는 자기 최면과 자기 합리화도 필요한 법이다.

그리하여 사게 된 것은 미놀타에서 1996년에 생산한 tc-1이라는 카메라다. 듣자 하니 발매 당시의 가격이 15만 엔에 가까웠고, 중고 가격도 10만 엔에 육박하는 비싼 물건이다. 게다가 'the camera number 1'이라는 이름은 오만하기 짝이

우리 이제 낭만을 이야기합시다

없다. 하지만 손바닥 반만 한 카메라가 손톱만 한 렌즈를 통해 만들어내는 사진은 믿을 수 없을 만큼 대담해 입이 쩍 벌어진다.

여성의 음부를 튤립처럼 찍어내는 일본의 사진작가 아라키 노부요시 역시 tc-1 예찬론자로 알려져 있는데, 그는 "무인도에 렌즈를 하나만 가져가라면 뭘 가지고 가겠습니까?"라는 바보 같은 질문에 웃으면서 대답했다고 한다.

"하하하. 재미있는 질문이네. 집에는 대지진을 대비해 미놀타 tc-1과 트라이 엑스 필름 10롤. 그리고 200만 엔을 금고에 보관하고 있어. 대피 시에는 그거 하나만 들고 찍을 거야. 역시 tc-1이라고 해야 할까나. 그놈은 작고 단단하기 때문에 좋아. 결국 살아남는 놈은 작고 단단한 놈들이야."

엉큼한 영감. 옳은 소리다.

tc-1은 이제 만들어지지 않는다. 앞으로도 결코 만들어지지 않을 것이다. tc-1은 일본 경제가 버블 시대의 절정에 올라 있었던 덕에 만들어질 수 있었던 카메라다. 최상급의 부품과 기능을 티타늄으로 만들어진 껍데기 속에 집어넣는 모든 제조 과정이 수작업으로만 이뤄졌기에 제조 원가가 상상을 초월했다. 그래서 미놀타에 tc-1이라는 카메라는 팔리면 팔릴수록 오히려 손해를 안겨주는 물건이었다.

하지만 미놀타의 경영진은 꿈을 꿨다. 버블 시대를 만끽하던 일본인들이 최고의 스냅 사진기를 소유하는 꿈이었다. 그리고 일본인들은 최고의 장인이 만든 최상급의 제품을 살 여력과 무모함과 선망과 존경이 있었다.

하지만 버블은 사라졌다. 거품은 가라앉고 가라앉아 바닥으로 내려앉았고 미놀타는 거대한 다국적 기업으로 변모한 소니에 팔렸다. 필름의 시대가 사라진 탓이기도 하겠지만, 장사꾼 소니 양반들은 결코 제조 단가를 맞출 수 없는 tc-1의 생산에 아무런 관심도 없었을 것이 틀림없다.

한 시대가 종말을 맞이한 흔적이 티타늄의 갑옷을 입고 내 손에 들려 있다. tc-1은 내게 도호, 닛카쓰, 도에이의 전성기 영화들, 포르쉐에 대적하기 위해 만들어졌던 닛산의 스카이라인 자동차 같은 것들을 떠올리게 만든다. 물 건너 섬나라의 지금은 사라진 시대, 영혼과 자본을 쏟아부어 자신들의 꿈을 창조해나가던 장인의 시대가 남긴 흔적들이다. 그리고 그 흔적들은 여전히 아름답게 작동한다.

서울도 희망이 있었다

서울도 희망이 있었다. 옛 서울시청을 쓸어버릴 듯한 '유리 쓰나미' 새 서울시청과, 장마 시즌이면 강물에 던져놓은 유리 냄비처럼 아슬아슬한 세빛섬, 옛 역사와의 어떠한 유기적 조화도 없이 우뚝 솟은 유리 성곽 서울역이 별 감식안 없는 사람들에 의해 공모되고 선정되고 설계되고 지어지기 전까지의 이야기다.

나는 부산 출신이다. 제대로 된 도시계획 없이 제멋대로 팽창한 항구 도시 출신으로서 서울을 미학적으로 깎아내리는 건 어딘가 이치에 맞지 않는 일이긴 하다만, 어쩌겠는가. 서울에서 10년을 넘게 살았는데도 나는 이 도시의 장점을 굳이 머릿속에 떠올리며 단점을 덮어줄 만한 아량이 생기질 않는다. 고향이 아니어서 더욱더 까탈스러워지는 건지도 모르겠다.

어쨌거나 서울도 희망이 있었다. 서울시장이 될 뻔했던 한 정치인은 "원형과 순환의 도시 플랜을 제시한다"라며 "도쿄를 벤치마킹하고 있다"라고 말한 적이 있는데, 정치적인 의견은 둘째치고 순전히 이 도시를 되살리기 위해서라도 그 정치인에게 표를 던질 준비가 되어 있었다.

서울이 왜 유럽의 고즈넉한 도시들이 아니라 인간과 콘크리트의 좀 더 거대한 정글에 가까운 도쿄를 벤치마킹해야 하느냐고? 물론 나 역시 인간 중심의 유럽 도시에 대한 선망을 품고 있다. 서울을 유럽의 여느 소도시처럼 공원과 자전거로 가득한 도시로 만들어보고 싶다. 그러나 이건 뭐, 기초 공사부터 불가능한 일이다. 이미 천만을 품은 콘크리트 괴물 서울은 산산조각이 났다가 재조립되더라도 유럽의 소도시들을 닮을 수는 없다. 그나마 가능한 모델? 어쩌면, 아마도, 도쿄다.

나는 도쿄라는 도시를 방문하면 방문할수록 어쩌면 도쿄가 서울의 어떤 훌륭한 미래가 될 수 있을 거란 기대를 품게 된다. 한 프랑스 철학자는 도쿄를 두고 "인간이 도심(Urban)에 산다는 것이 어떤 의미인지를 이해한 도시"라고 말한 바 있다. 그네들의 일본을 향한 습관적인 경외를 잠시 모른 척하고서라도 아주 틀린 말은 아니라는 생각이 든다.

우리 이제 낭만을 이야기합시다

처음 도쿄로 여행을 갔던 날 나는 정말이지 소스라치게 놀랐다. 이상했다. 모든 것이 서울과 닮아 있는데 어떤 것도 서울과 닮지 않았다. 이를테면, 종로에 우뚝 솟은 라파엘 비놀리의 종로타워와는 달리, 같은 건축가가 만든 도쿄 국제포럼은 비슷한 유리, 철골 구조물의 미래적인 형상을 지니고 있으나 도시의 삶에 어느 정도 유기적으로 연결되고 있다는 느낌이 들었다. 그때부터 나는 도쿄의 흠집을 찾아내려 애썼다. 어떻게든 내 마음속 한국인이 가지고 있는 어떤 극일의 흔적을 찾아내고 싶었다.

결국 나는 시부야의 교차로에서 무릎을 꿇었다. 〈사랑도 통역이 되나요〉의 주인공 샬롯이 그토록 경이로운 눈동자로 바라보던 시부야의 교차로는 정말 경이로웠다. 도쿄라는 도시는 자신의 가장 바쁜 심장의 교차로를 지나는 자동차들을 일순간 멈춰 세우고는 사람들이 마음껏 건너도록 허하고 있었다. 도시는 결국 걷는 사람들을 위한 것이라는 명제를 도쿄처럼 거대한 도시가 그처럼 명쾌하게 보여주다니.

그 순간 나는 명동 롯데백화점 앞 대로와 세종로 네거리를 떠올렸다. 서울의 가장 상징적인 도심들은 오로지 자동차들을 위해 서 있었다. 사람들이 반대쪽으로 건너기 위해서는 지하도를 이용하는 수밖에 없었다. 내 마음속 서울은 사람을 위해 건설된 적이 없는 도시처럼 뻣뻣하고 고압적이었다.

도쿄를 여행하고 몇 년 뒤, 광화문 앞 세종로 사거리와 명동 앞 을지로 사거리에 건널목이 놓였다. 어쩌면 그건 서울이 마침내 도쿄로부터 뭔가를 배우고 있다는 증거일지도 몰랐다. 나는 현대 건축의 이름과 랜드마크의 욕망을 활활 태우며 곳곳에 세워지는 유리의 성들이 서울의 미래라고 생각하지 않는다. 그것들은 그저 유리의 성일 뿐이고, 그 속에 사는 사람들과는 어떠한 관계도 없다. 서울이 좀 더 가져야 할 것은 시부야의 교차로일 것이다. 인간을 위해 자동차의 도로를 멈춰 세울 수 있는 거대한 도시의 아량 말이다.

우리 이제 낭만을 이야기합시다

서울에 관한
가장 아름다운 영화는   잊힌 영화다

난감한 일이다. 서울을 매력적으로 그린 영화라는 건 솔직히 말하자면 거의 존재하지 않는다. 정말이다. 당신은 아마도 서울이 등장하는 수많은 한국 영화들을 떠올리며 몇몇 리스트를 꺼내놓을 수 있을 것이다. 하지만 그중 하나도 내 성에 차는 건 없다. 왜 이렇게 시작부터 삐딱하냐고?

자, 우리 솔직히 한번 말해보자. 이 글을 읽는 그 누구도 서울의 매력에 완벽하게 동의하지는 않는다고 나는 확신할 수 있다. 만약 당신이 외국 감독이고 서울을 배경으로 영화를 찍는다면 대체 어디를 로케이션할 것인가를 생각해보시라. 서울타워는 도쿄타워에 비하면 건축학적으로 도저히 아름답게 담아내기가 힘들다. 그건 1970년대 건축 붐을 상징하는 시멘트 덩어리에 불과하다. 한강? 아무리 카메라 앵글을 끝내주게 잡고 후보정을 해봐야 한강은 불행하게도 센강

이 아니다. 게다가 지나치게 크고 넓어서 도심을 남북으로 가르는 경계선에 불과하다. 가로수길? 청담동? 명동? 홍대? 미안하지만 한국의 정신 나간 간판들은 홍콩만큼 제멋대로 대담해서 매력적인 것도 아니고, 도쿄처럼 단정해서 어딜 찍어도 영화를 위한 그림이 나오는 것도 아니다.

사실 서울을 매력적으로 그린 영화가 전혀 존재하지 않는 다는 건 거짓말이다. 다만, 서울을 할리우드 영화의 방식으로 근사하게 다룬 영화가 없다는 소리일 따름이다. 서울은 중요한 랜드마크가 아니라 아무런 특징도 없는 장소를 카메라로 잡아챌 때 영화적으로 더 매력적이다.

이를테면 나는 지난 20여 년간 서울을 가장 근사하게 잡아낸 영화 중 하나로 〈멋진 하루〉를 꼽을 수 있다. 거기서 하정우와 전도연은 그리 예쁘지도 않고 한눈에 어디인지 알아볼 수도 없는 서울의 구석구석을 돌아다닌다. 그러나 영화가 끝나는 순간 당신은 그들이 쏘다닌 서울의 파편들을 머릿속에서 이어 붙이며 진실로 이 도시가 〈멋진 하루〉의 주인공이라는 걸 이해할 수 있다.

재미있게도 서울이라는 도시는 도대체가 맘 편히 사랑할 수 없는 캐릭터들이 별다른 특징도 없는 거리를 오가는 영화 속에서 진정으로 서울다워진다.

그런 점에서 진정으로 서울의 정수를 담아냈던, 그리고 가장 아름다운 서울을 담아냈던 영화를 단 하나만 꼽으라면 나는 주저 없이 이만희 감독의 〈휴일〉을 내놓을 수 있다. 1968년에 완성됐으나 검열로 개봉하지 못하고 사라졌다가 2005년에야 새롭게 발굴된 이 기적 같은 영화의 줄거리는 너무나도 간단하다. 신성일이 연기하는 빈털터리 남자는 임신한 애인을 병원에 데리고 가지만 여자는 수술을 받다가 죽는다.

여기에는 우리가 70년대 영화에서 바랄 법한 어떠한 신파도, 어떠한 고전적 줄거리도 없다. 이만희 감독은 무능력한 남자가 일요일 아침부터 일요일 밤까지 어차피 죽을 애인의 임신중절 수술비를 구하기 위해 멍한 눈으로 오가는 과정을 담아낼 뿐이다. 절망적이고 무력한 이야기다. 아마그 때문에 60년대 말의 검열위원들은 이 영화의 개봉을 허락하지 않았을 것이다.

그런데 이 영화 속 서울은 1968년이라는 시대적 배경에도 불구하고 놀라울 정도로 모던하다. 그건 이만희 감독이 이 도시를 사랑하면서도 증오하기 때문이다. 서울이 처음으로 '모던'해지기 시작하던 시절, 사람들의 삶도 모던하게 뒤틀리기 시작했고, 절망도 모던하게 고통스러워지기 시작했다. 영화의 마지막 장면에서 신성일은 말한다.

"서울, 남산, 전차, 술집 주인아저씨, 하숙집 아줌마, 일요일… 내가 사랑하지 않는 건 아무것도 없어… 이제 곧 날이 밝겠지. 거리로 나갈까. 사람들을 만날까. 커피를 마실까. 머리부터 깎아야지. 머리부터 깎아야지."

그렇다. 서울, 남산, 지하철, 서촌의 술집 주인아저씨, 가로수길의 카페 주인장 아가씨, 일요일…. 우리가 사랑하지 않는 건 아무것도 없다. 하지만 그 어떤 것도 완벽하게 아름답지는 않다. 그리고 서울은 진실로 아름답지 않은 것까지 카메라에 속속 담아내는 순간 영화적 무대로서 놀랄 만큼 근사해진다. 이 글을 읽는 당신이 이 골치 아프고 혼란스럽고 신경질적인 소음과 힘겨운 삶으로 가득한 이 거대한 도시를 사랑하는 이유가 바로 그것이듯이 말이다.

우리 이제 낭만을 이야기합시다

베이글을 샀다

베이글을 샀다. 나의 주말 아침은 언제나 푸드플라이와 함께한다. 나는 요리를 꽤 좋아하는 사람이었지만 더는 잘 하지 않는다. 특히 주말의 아침을 차려 먹는 일은 굉장한 노동력을 필요로 한다. 빵을 토스트하고 달걀을 지지고 크림치즈를 꿀과 섞다 보면 그 과정에서 이미 몸과 마음이 지쳐버려 도무지 맛있게 먹을 에너지가 남질 않는다. 이건 노화와 관계있는 것이 아니라 의지와 관계가 있을 것이다. 누군가가 나에게 이상형을 물을 때면 "전업주부 남자"라고 말하는 것도 그 때문일 것이다.

하여튼 베이글을 시켰다. 구워진 베이글에 크림치즈를 발랐다. 아몬드와 메이플 시럽과 건포도가 들어 있는 크림치즈 맛은 꽤 괜찮다. 이 집은 크림치즈를 듬뿍 준다. 나는 커피 전문점에서 베이글과 크림치즈를 시키는 것을 피하는 편이다. 크림치즈를 워낙 적게 주는 탓이다. 베이글에는 필연적으로 크림치즈를 베이글 두께만큼 듬뿍 발라야 한다. 그래야 쫀득한 베이글과 크림치즈의 비율이 맞다고 할 수 있다. 베이글에 아주 얇게 크림치즈를 바르는 건 크림치즈 광고에서나 보기 좋은 모양새다.

내가 가장 맛있게 먹은 베이글은 당연히 뉴욕에서 먹은 베이글이다. 뉴욕으로 2주간 여행을 갔을 때 퀸스에 있는 후배 집에서 신세를 졌다. 퀸스는 재미있는 동네다. 온갖 이민자들이 모여 산다. 온갖 이민자들이 차린 레스토랑이 곳곳에 있다.

나는 아침마다 후배를 역까지 배웅하며 집으로 돌아오는 길에 베이글을 샀다. 크림치즈가 베이글 두께만큼 가득 발린 베이글을 샀다. 점원은 커피를 주문하면 당연하다는 듯이 설탕과 우유가 들어 있는 커피를 줬다. 마치 그것이 베이글과 함께 먹는 커피의 가장 적절한 배합이라는 듯이, "슈가? 밀크?"라는 말도 없이 줬다. '이렇게 먹는 것이 진정한 퀸스의 베이글이다, 동양인 여행자여'라는 듯이 아무런 설명도 없이 줬다.

그 베이글을 처음 이빨로 뜯었을 때의 감촉을 아직까지 기억한다. 마치 고무를 넣은 듯이 살짝 질기고 쫄깃했다. 나는 충격을 받았다. 이건 한국 커피 전문점에서 먹었던, 입으로 뚝뚝 끊어지는 베이글과는 달라도 너무 달랐다. 미리 발린 크림치즈의 풍미도 달랐다. '필라델피아 크림치즈'와는 비교도 할 수 없는 풍미였다. 나는 베이글을 먹으면서 감동했다. 니스의 해변에서 4가지 치즈가 들어간 피자를 먹었을 때 나는 문자 그대로 감동해서 눈물을 흘릴 뻔했는데, 퀸스의 베이글이 딱 그랬다. 한국에서 먹는 김치가 다르듯이 뉴욕의 베이글은 다르구나. 감탄했다.

그 기억을 안고서 몇 년 뒤 다시 뉴욕에 갔다. 맨해튼 소호 근처에 있는 호텔 바로 1층에는 베이글 가게가 있었다. 퀸스의 베이글 맛을 떠올리며 아침 7시에 1층으로 내려가 크림치즈가 듬뿍 발린 베이글과 커피를 주문했다. 호텔로 부리나케 가져와 한 입을 베 물었다.

베이글은 맛있었다. 그러나 퀸스에서 먹었던 그 맛은 아니었다. 크림치즈의 양은 부족했다. 쫄깃함도 부족했다. 커피는 열어보니 아메리카노였다. 나는 배신당한 기분이 들었다. 퀸스의 아침 출근길을 역행하며 두근두근하는 마음으로 베이글을 안고 집으로 걷던 그 기억이 완벽하게 배신당한 기분이 들었다. 이럴 수는 없었다. 뉴욕의 베이글이 이럴 수는 없는 일이다.

호텔 방에서 베이글을 반쯤 먹어치운 뒤 창밖을 쳐다봤다. 맨해튼의 정경이 눈앞으로 펼쳐졌다. 5년 전의 퀸스를 기억했다. 바로 코앞에 정말 맛대가리라고는 없는 햄버거 가게 '화이트 캐슬'이 있던 퀸스는 정겨운 동네였지만 별다를 건 없는 동네였다.

나는 다시 퀸스의 베이글을 떠올리며 맨해튼의 베이글을 깨물었다. 가만히 생각했다. 어쩌면 베이글 맛은 다르지 않은 걸지도 모른다. 그사이에 나는 변했다. 나이를 먹었다. 한국과 세계에서 많은 베이글을 먹어봤다. 어쩌면 변한 것은 내 입맛일지도 모른다.

그건 마치 파리에 두 번째 갔을 때 봤던 에펠탑이 큰 감흥이 없었던 것처럼, 뉴욕에 두 번째 갔을 때 봤던 엠파이어 스테이트 빌딩이 큰 감흥이 없었던 것처럼, 홍콩에 두 번째 갔을 때 봤던 빅토리아만의 정경이 큰 감흥이 없었던 것처럼, '두 번째 경험'이라는 것이 주는 필연적인 감동의 하향곡선일지도 모른다.

인간은 경험을 통해 성장한다. 입맛도 경험을 통해 성장한다. 그러고는 더 나은 것을 계속해서 찾아 헤맨다. 그러나 지난 것이 익숙해지는 것을 정말 성장이라고 말할 수 있을까.

나는 또 다시 실패한 지난 연애를 떠올렸다. 그 친구는 "너는 내가 항상 나아지기만을 바라는 것 같아"라고 말했다. 나는 그렇지 않다고 말했다. 거짓말이었다. 나는 끊임없이 전 연인보다 나은 연인을 바랐다. 전 연인보다 나은 연인이 되라고 무의식적으로 강요하며 연애를 했다. 그렇지 않다면 나에게 너는 필요가 없다고 말없이 짓누르고 짓눌렀다. 그는 나에게 질려서 떠났을 것이다.

나는 푸드플라이로 시킨 베이글을 깨물며 생각했다. 퀸스의 베이글처럼 맛이 있지는 않지만 이건 꽤 괜찮은 베이글이었다. 그것만으로도 충분했다.

쏙독새의 카페에는
쏙독새의　　　　마음이 있다

어느 날 길을 걷다 문득 깨달았다. 홍대도 아니고 성수동도 아니고 가로수길도 아니었다. 그저 볕 잘 들고 걷기 좋은 강북의 주택가였다. 그런데 나는 작은 커피숍을 네 곳이나 지나쳤다. 그것도 20분 사이에 말이다. 갑자기 쓸모없지만 진중한 의문에 빠져들었다. 도대체 누가 이 작은 골목에 이렇게 많은 커피숍을 차렸을까? 서로 경쟁하느라 장사가 제대로 되기나 할까? 합리적인 경제관으로 아무리 생각을 해봐도 답이 나오질 않았다.

나는 마른 들에 불 번지는 듯한 예의 '카페 창업 열풍'에 약간은 삐딱한 마음을 가진 사람이었다. '좋은 커피를 만들고 싶다'가 아니라 '그저 돈을 좀 벌고 싶다'거나 '모두가 카페를 하는데 나도 한번 해보고 싶다'라는 이유라면 카페를 열 이유가 없다는 생각도 종종 했다. 지나치게 많은 퇴직자가 카페를 열었다가 보증금도 챙기지 못하고 망해나가는 모양새를 자주 본 탓이다.

영화 〈세상의 끝에서 커피 한 잔〉에 나오는 커피숍도 도무지 자본주의적인 마음으로는 이해할 수 없는 장소다. 이 2014년도 영화는 내가 마음대로 이름 붙인 장르로 따지자면 '무지 같은 일본 영화'다. 소소한 장소에서 소소한 사람들이 소소한 이야기를 주고받다가 서로를 힐링하는 그런 영화 말이다.

때때로 사람들은 이 장르를 '슬로무비'라고도 한다. 이 장르의 유행은 〈카모메 식당〉의 오기가미 나오코 영화들로부터 시작된 것이나 마찬가지다. 나로서는 이 장르에 일종의 애증이 있는 편이다. 〈카모메 식당〉은 대단히 훌륭한 영화였지만 오기가미 나오코 감독은 물론이거니와 온갖 일본 감독들이 거의 비슷비슷한 영화들을 매년 쏟아내면서 이 장르는 지나치게 빨리 지겨워졌다. 슬로무비도 좋지만 끝없이 느리게 가는 영화들만 보다 보면 갑자기 빨리감기를 하고 싶어지는 법이니까.

〈세상의 끝에서 커피 한 잔〉의 주인공은 어린 시절 헤어진 아버지가 실종됐다는 소식을 듣고 도무지 인적도 없어 보이는 땅끝 마을 고향으로 돌아온 미사키라는 여자다. 그녀는 아버지를 기다리며 헛간 같은 낡은 집을 개조해 카페를 차린다. 그리고 거기에는 싱글맘인 에리코와 그녀의 아이들 등, 상처를 입은 사람들이 찾아온다.

여기서 커피는 조연에 불과하다. 미사키는 거대한 머신으로 로스팅을 하고 드립으로 커피를 내린다. 하지만 어떤 커피를 내리는지 거의 아무 설명도 해주지 않는다. 나는 영화를 보다가 중간 즈음에 "이 사람이 정말 커피를 제대로 내릴 줄은 아는 거야?"라고 중얼거렸다. 그러니까 이미 이야기한 것처럼, 나는 커피 자체에 대한 공부와 애정이 부족한 사람들이 다른 이유로 커피숍을 차리는 것에 대해서 그리 너그러운 사람은 아니었던 것이다.

영화가 종반으로 향하면서 뾰족한 마음의 날이 슬금슬금 깎이기 시작했다. 미사키는 자신의 커피숍을 찾는 사람들의 마음을 바꾼다. 그건 위로이기도 하고 공감이기도 하다. 끝내주게 맛있는 커피가 아니라 그저 정성이 담긴 커피를 마시는 것으로 어떤 사람의 상처는 봉합된다.

게다가 미사키가 연 커피숍의 이름은 '요다카 카페'다. 요다카는 쏙독새를 의미하는 일본말이다. 일본에서 쏙독새는 지나칠 정도로 평범한 외모 때문에 별것 아닌 존재를 지칭하는 데 사용된다고 한다.

일본의 전설적인 동화 작가 미야자와 겐지는《쏙독새의

별》이라는 멋진 동화를 쓴 적도 있다. 이 동화에서 쏙독새는 초라한 외모로 모든 새들에게 경시당한다. 하지만 쏙독새는 마음이 가장 착한 새다. 살기 위해 벌레들을 먹어야 하는 자신의 처지를 슬퍼하던 쏙독새는 굶어 죽더라도 다른 곤충을 먹지 않겠다고 선언한 뒤 하늘로 날고 날고 또 날다 죽는다. 그리고 찬란한 별이 된다.

나는 세상의 먹이사슬로부터 탈출해 자신만의 공간을 꿈꾸며 카페를 차린 사람들로부터 쏙독새를 본다. 그들 중 대부분은 어쩌면 커피를 제대로 로스팅할 줄도, 훌륭한 드립 커피를 내리지도 못할 것이다. 하지만 그들이 내리는 커피에는 저마다의 사연이 있을 것이다. 미사키처럼 누군가를 기다리기 위해서일 수도 있고, 누군가를 부양하기 위해서일 수도 있고, 누군가를 그리워하기 때문일 수도 있다.

중요한 것은 커피의 맛이 아니다. 찾아온 사람들에게 그 커피를 대접하겠다는 마음이다. 나는 골목의 작은 카페들에 좀 더 감사하기로 했다. 쏙독새가 차린 쏙독새 같은 카페들은 우리의 골목 구석구석에 존재할 가치가 있으니까.

세상에서 가장 마법 같은 한마디

"커피나 한잔합시다."

세상에서 가장 마법 같은 한마디를 고르라면 나는 이 문장을 고를 것이다. 이 문장이 왜 마법 같은지를 당신에게 굳이 설명할 이유도 없다. 당신도 이미 이 문장의 마법을 잘 알고 있을 테니까 말이다. 그래도 나는 그 이유를 설명하지 않을 도리가 없다. 그것도 커피와 전혀 관계없어 보이는 영화의 한 장면을 예로 들어서 말이다.

나는 마이클 만의 〈히트〉를 정말 좋아한다. 알 파치노가 연기하는 LA 경찰국 강력계 수사반장 빈센트는 24시간 내내 도시를 돌아다니며 범죄자들을 잡는다. 그 반대편에 로버트 드니로가 연기하는 닐 맥컬리가 있다. 그는 숙련된 범죄자들을 모아서 팀을 만든 다음 언제나 한탕을 제대로 벌어들인다.

닐의 뒤를 쫓던 빈센트는 그가 뭔가 거대한 한탕을 벌이려 한다는 사실을 직감하고 서서히 수사에 들어간다. 그렇게 기 싸움을 벌이던 두 사람은 이상한 방식으로 만난다. 빈센트는 도로를 달리던 닐의 차를 세운 뒤 이렇게 말한다.

"내가 커피나 한잔 사면 어떨까?"

그 대사로부터 영화 역사상 가장 긴장되는 동시에 근사한 대화 장면 하나가 시작된다. 빈센트가 "금방 잡힐 놈을 쫓고 있다"라고 말하자 닐은 "내가 술집이나 터는 강도로 보이시나?"라고 응수한다. 대화는 자신의 직업을 자랑스러워하면서도 동시에 달아나고 싶어 하는 중년 남자들의 자기 고백으로 이어진다.

"내 인생은 엉망이야. 세 번째 와이프와는 끝나기 일보 직전이고, 그게 다 너 같은 놈들 뒤쫓다 보니 이 모양 이 꼴이 된 거야."

"친구가 30초 내에 털고 나오지 못할 거면 미련 따위는 갖지 않는 게 낫다는 말을 했지. 포기할 건 포기해."

"난 이 일 말고 다른 건 할 줄 몰라. 하고 싶지도 않고."

"나도 그래."

난 이 대화 장면을 보다가 무릎을 쳤다. 남성적 테스토스테론을 극단으로 밀어붙이는 것으로 영화적 아름다움을 창조할 줄 아는 마이클 만은 지친 동물 같은 두 남자를 낡은 카페 테이블에 앉혀놓는 것만으로도 후반부의 총격 장면에 버금가는 영화적 마술을 창조해냈다.

그런데 정말 중요한 사실이 하나 있다. 이 장면에서 커피는 딱히 중요하지 않아 보이지만, 사실 '커피'가 없었더라면 이 장면을 창조하는 건 애초에 불가능한 일이었을 것이다. 로버트 드니로와 알 파치노만큼이나 이 장면에서 커피는 중요하다.

그게 납득이 가지 않는다면 한번 생각해보시라. "내가 커피나 한잔 사면 어떨까?"라는 말을 대체 뭐로 대체할 수 있을까? 내가 홍차나 한 잔 사면 어떨까? 이건 지나치게 우아하다. 내가 피자나 한 판 사면 어떨까? 긴장된 상태에서 서로를 탐색하려 만난 사람들이 피자를 게걸스럽게 먹어치우는 장면은 타란티노 영화였다면 모를까 상상하기 힘들다. 커피가 아니면 안 된다. 잘 모르는 누군가와 꼭 대화를 나누어야 하는 상황에서 우리는 언제나 "커피나 한잔합시다"라고 말한다. 그가 커피를 좋아하든 아니든, 언제나 "커피 한잔할까요?"라고 묻는다. 이건 만국 공통의 제의다.

나 역시 많은 어색한 상황에서 "커피나 한잔할까요?"라는 제의를 한다. 얼마 전엔 헤어진 애인을 만났다. 몇 개월 전

논쟁을 벌이다가 황급하게 끝내버린 관계였다. 나는 그런 식으로 관계를 끝내고 싶지는 않았다. 문자를 보냈다.

"커피나 한잔할까?"

답이 왔다.

"그래. 커피나 한잔하자."

우리는 만났고, 커피를 시켰다. 어떻게 지내느냐고 물었다. 잘 지내고 있다는 답이 돌아왔다. 그게 사실인지는 알 수가 없었다. 하지만 "잘 지낸다"라는 말을 직접 듣는 것은 나에게는 정말 중요한 일이었다. 커피를 다 마시고 나자 마음의 앙금은 사라졌다. 나는 말했다.

"다시 만날 일이 있을지는 모르겠지만 니가 잘 지내면 좋겠다."

그도 말했다.

"너도 잘 지내라."

이 글을 읽는 당신에게는 서로에게 상처를 입힌 채 헤어진 애인이 없을지도 모른다. 뒤쫓아서 검거해야 하는 범죄자와 만나야 할 일은 더더욱 없을 것이다. 하지만 가만 생각해보시라. 당신에게는 마음속 갈등만 키우다가 퇴사한 전 직장의 동료, 혹은 오랫동안 모든 것을 함께하다가 별것 아닌 일로 소원해진 친구가 반드시 있을 것이다. 나는 당신이 그들에게 이 문장을 카톡으로 보내기를 바란다.

"우리 커피나 한잔할까?"

이 문장은 마법이다. 그리고 그 마법은 어떻게든 통하고야 말 것이다.

나는 잘 살고 있는 걸까.
하루에도 여러 번 그런 생각을
한다. 오늘따라 더욱 자주 생각을
한다. 이런 날은 고양이 말고도
인간이 하나 더 집에 있으면
좋을 것도 같다.

모두가 커피를 들고
쇼윈도를 들여다봤다

　모두가 커피를 들고 다니고 있었다. 1999년의 캐나다는 내가 처음으로 발을 밟은 서양이었다. 밀레니엄이 시작되기 전 한국 대학생에게는 모든 것이 이상했다. 하늘은 지나치게 크고 넓었다. 사람들은 지나치게 미소를 짓고 있었다. 친절함에 질식할 지경이었다. 자동차 운전자들은 지나치게 교통법규를 지켰다. 교통법규라는 것은 일종의 유치원 교칙에 가깝다고 생각하는 나라에서 온 남자에게 사람들이 정말로 교통법규를 지킨다는 건 거의 '세계 5대 불가사의' 중 하나로 보일 지경이었다.

　가장 이상한 건 따로 있었다. 모두가 커피를 들고 다녔다. 출근길은 종이컵에 커피를 담아서 들고 다니는 사람들로 가득했다. 작은 종이컵도 아니었다. 그걸 마시는 순간 카페인 과다로 삼일 밤을 잠들 수 없을 만큼 커다란 컵이었다. 같은 학원에 다니던 러시아 친구는 불평했다.

"왜 이 나라 사람들은 커피를 종이컵에 들고 길을 걸어 다니는 건지 이해할 수가 없어. 커피는 여유를 즐기면서 집이나 카페에 앉아서 마시는 거야. 서구 사람들은 정말 우아함이라고는 없어."

평소 서구 자본주의 산물들을 욕하는 게 일종의 취미 생활이었던 그는 급기야 화를 내기 시작했다.

"심지어 이 사람들은 버스를 탈 때도 커피를 들고 타잖아. 그러다가 옆 사람에게 뜨거운 커피를 쏟으면 어쩌려고. 서구 사람들은 정말 예의라곤 없어."

물론 1999년이라는 걸 염두에 두어야 한다. 당시 러시아는 서구의 자본이 물밀듯이 밀어닥친 지금의 러시아와는 달랐다. 모스크바에 맥도날드 매장이 하나밖에 없던 시절이니까 말이다.

나는 서구 자본주의를 가장 빠르게 받아들인 뒤 가장 극단적인 방식으로 재현하는 데 장기가 있는 국가에서 온 남자답게 테이크아웃 커피도 금방 받아들였다. 학원으로 가는 길에는 언제나 커피를 샀다. 아메리카노의 맛을 제대로 알 나이는 아니라 생크림을 잔뜩 올린 라테를 샀다.

단단한 종이컵에 라테를 담아 들고 거리를 걷는 순간 나는 '마침내 한국이 아닌 어떤 곳에 왔구나'라는 기분이 됐다. 커피를 들고 바쁘게 출근하는 사람들 사이를 헤치고 나아가면서도 한 방울의 커피도 쏟지 않는 기술을 터득했을 때는 외줄 타기를 처음으로 해낸 서커스 단원처럼 기뻤다. 커피를 들고 매장의 쇼윈도를 들여다볼 땐 숫제 〈티파니에서 아침을〉의 오드리 헵번이 된 기분이었다.

하지만 가만히 생각해보면 〈티파니에서 아침을〉의 유명한 첫 장면은 그저 우아한 삶의 전시는 아니다. 주인공 할리는 뉴욕의 보석상 티파니 본점 앞에서 쇼윈도를 들여다보며 커피를 마시며 크루아상을 먹는다. 그것은 정말이지 럭셔리한 장면이지만 동시에 조금 슬픈 장면이기도 하다.

할리는 그리 부유한 여성이 아니다. 그녀는 뉴욕의 작은 아파트에서 혼자 산다. 마땅히 하는 일도 없다. 꿈은 부유한 남자와 결혼해서 신분 상승을 하는 것이다. 할리는 뉴욕 5번가의 티파니 본점과는 너무나도 어울리지 않는 여자다.

하지만 그녀는 꿈을 꾼다. 언젠가는 부유한 남자와 결혼해 뉴욕의 거대한 아파트에 살며 티파니 본점에서 화려한 보석을 사는 꿈이다. 손에 든 커피는 할리에게 일종의 위안이었을 것이다. 티파니의 보석은 비싸지만 테이크아웃 커피는 누구나 마실 수 있다. 부유한 사람도 가난한 사람도 꿈이 없는 사람도 꿈이 많은 사람도 같은 커피를 마신다. 내가 캐나다의 길에서 테이크아웃 커피를 처음으로 손에 들고 느꼈던 기분도 할리와 비슷한 것이었을지 모르겠다. 나는 캐나다인도 아니고 거대한 빌딩에 출근하는 비즈니스맨도 아니었다. 그러나 커피를 손에 들고 길을 걷는 순간 그들의 일부가 된 것 같았다.

몇 년 뒤 나는 처음으로 뉴욕에 갔다. 티파니 본점 앞에는 여전히 테이크아웃 커피를 들고 쇼윈도를 들여다보는 사람들이 있을 거라고 믿었다. 웬걸. 그런 사람은 없었다. 티파니는 수많은 다른 값비싼 가게들에 둘러싸여 있었다. 거리는 바쁘게 지나치는 사람들로 가득했다. 〈문 리버〉가 흘러나온다고 해도 그다지 로맨틱하지는 않을 것 같았다. 모든 것이 영화와는 달랐다.

나는 누군가가 비웃을 것 같다는 두려움을 극복하고 커피를 든 채 티파니 본점 쇼윈도 앞으로 가서 매장을 들여다봤다. 매장 내부는 제대로 보이지도 않았다. 매장 앞에서 문을 열어주는 직원은 나를 보고도 아무런 표정 변화가 없었다. 실망하진 않았다. 커피는 기가 막히게 맛있었고, 그것만으로도 충분했다. 티파니 매장 앞에서 커피를 마시던 할리도 아마 나와 같은 생각이었을 것이다.

옷방을   정리했다

옷방을 정리했다. 그렇다. 나는 심지어 옷방을 갖고 있을 정도로 옷이 다른 남자들에 비해 많은 편이다. 이사를 할 때면 이삿짐센터 청년들이 "대체 뭐 하시는 분이세요?"라고 한 번도 빠짐없이 물어볼 정도로 말이다. 그런 질문을 들을 때 마다 밤무대 가수라거나 무명 배우라고 대답하고 싶을 때가 한두 번이 아니지만, 더 귀찮은 질문에 더 창의적인 거짓말을 내놓는 것이 귀찮아서 참는다.

하여간 옷방을 정리하다가 화들짝 놀랐다. 옷이 끝없이 나왔다. 나오고 또 나왔다. 그러다 지난가을 대여섯 번 입고 처박아뒀던 가죽 재킷에 살짝 곰팡이가 슨 것을 발견하고는 바닥에 주저앉아 흐느껴 울고 싶어졌다. 나는 재킷을 위해 희생당한 가엾은 양의 고귀한 넋을, 심지어 세대로 활용히지도 못한 채 살아가고 있었던 것이다.

우리 이제 낭만을 이야기합시다

사실 그 가죽 재킷은 내가 가장 아끼는 옷 중 하나로, 벨기에 디자이너 마르틴 마르지엘라가 만든 브랜드 '메종 마르틴 마르지엘라'의 라벨이 붙은 제품이다. 겉에만 살짝 슨 곰팡이를 마른 수건과 페브리즈를 이용해 마구 닦아내면서 나는 또다시 감탄했다. 이건 정말이지, 패션 천재의 유산이 곳곳에 박혀 있는 좋은 가죽 재킷이었기 때문이다. 그리고 나는 마르지엘라라는 이름을 보면서 몇 해 전 곁을 떠난 한겨레신문사의 구본준 기자를 떠올렸다.

구본준 선배는 '땅콩집'으로 유명한 기자였다. 그의 관심사는 언제나 '건축'이었다. 건축에서라면 그만한 기자는 없었다. 무엇보다도 그는 그냥 건축이 아니라 그 안에 사는 사람을 볼 줄 알았다. 내심 경외를 품고 있던 그 선배는 유럽 출장 중에 돌아가셨다. 주무시다가 갑작스레 숨이 멈췄다고 했다.

그의 죽음에 대한 소식을 듣자마자 심장이 무너져 내렸다. 그는 내가 아는 가장 멋진 선배 중 한 사람이었다. 멋지다고 해서 그가 꼭 옷을 잘 입었다는 이야기는 아니다. 다만 그는 만나는 사람이 입은 좋은 옷과 좋은 신발을 볼 줄 아는 기막힌 감식안이 있었고, 그가 사랑했던 건축만큼이나 관심을 기울이며 공부를 했다.

어느 날 그는 내 스니커즈를 뚫어지게 쳐다보더니 어떤 디자이너가 만든 거냐고 물었다. 마르틴 마르지엘라의 디자인이라고 했더니 이런 기대치도 않았던 대답이 나왔다.

"안 그래도 마르지엘라에 대해서 읽어본 적이 있는데 멋진 디자이너 같아. 다음에 신발 살 때 나도 한번 따라갈까?"

구본준 선배가 지금 살아 있었더라도 마르지엘라의 스니커즈나 구두를 샀을지는 모르겠다. 그는 아이가 있는 가장이었으니까 가끔 구두에 큰돈을 투척하는 독신남들의 대범함을 흉내 내지는 못했을 거라는 데 내 마르지엘라 스니커즈를 걸 수 있다. 하지만 그는 마치 건축을 사랑하듯이 옷을 설계하는 디자이너와 옷을 짓는 장인들을 궁금해했고 또 사랑했다. 그건 우리가 프랭크 게리가 지은 오피스에 살지 못하고 안도 다다오가 지은 콘크리트 이층집에 살지 못하면서도 그들이 만든 건축물의 아름다움을 즐길 수 있는 것과 비슷한 일이다.

세상에는 수많은 값지고 아름다운 것들이 있다. 우리가 그 모든 아름다운 것을 소유해야만 하는 건 아니다. 값을 치르고 내 옷방에 욱여넣지 못하더라도 충분히 즐길 수 있는 많은 것들이 존재한다. 그것들을 그저 지켜보기만 하면서도 우리는 무엇이 좋은 것이고, 무엇이 아름다운 것이고, 무엇이 진정으로 스타일리시한 것인지를 배운다.

　나는 이 글을 읽는 당신이 건축과 영화와 산업 디자인의 천재들과 장인들에 관심을 기울이는 것만큼, 패션 디자이너에 대해서도 호기심을 조금 더 발휘해주면 좋겠다. 그 호기심은 어쩌면 당신에게 스파 브랜드의 거대한 옷더미 속에서도 제값보다 더 값진 것을 고를 수 있는 심미안을 가져다줄지도 모른다.

코트를   샀다

코트를 샀다. 스펙테이터라는 한국 브랜드의 코트다. 흰
실과 검은 실이 아름답게 교차하는 헤링본 울로 만들어진
코트다. 나는 똑같은 모델의 검은 코트를 몇 년 전에 구입했
다. 그건 겨울을 위한 갑옷 같은 코트였다. 해지도록 입고 또
입었다. 하지만 갑옷 같은 코트는 살이 찌면 배가 터지도록
끼게 마련이다. 같은 코트를 조금 넉넉한 사이즈로 더 사야
했다.

스펙테이터는 경리단의 지하에 있는 쇼룸 '네버그린스토
어'에서만 살 수 있다. 그곳으로 갔다. 같은 디자인이지만 거
친 헤링본 울로 된 모델이 걸려 있었다. 사지 않을 수가 없었
다. 왜냐면 스펙테이터의 쉐필드 코트는 정말 제대로 만든
코트이기 때문이다.

스펙테이터는 안태옥이라는 디자이너가 혼자서 꾸려가

는 브랜드다. 스펙테이터를 통해 안태옥은 제2차 세계대전 당시 군복으로 사용된 아이템들을 새롭게 해석한다. '복각'이라고 표현하면 가장 알맞을 것이다.

그는 블로그를 운영하는데 이 블로그가 참 재미있다. 하나의 아이템을 세상에 내놓을 때마다 각각의 아이템을 왜 만들기로 했고 어떻게 만들었는지 시시콜콜하게 모든 과정을 쓴다. 그는 《매일경제》와의 인터뷰에서 이렇게 말한 바 있다.

"(디자인을 할 때 중요하게 생각하는 것은) 역시 완성도다. 나는 옷을 디자인할 때 한 벌로 맞추거나 섹션을 두고 디자인하지 않는다. 아이템 하나의 디자인 완성도가 더 중요하다."

당연히 그의 옷들은 한번 뜯어서 관찰하고 싶을 정도로 완성도가 좋다.

사실 나는 안태옥이 만든 모든 옷을 구입하고 싶은 건 아니다. 여기에는 취향의 문제가 조금 있다. 내게는 아메리칸 워크웨어 타입이나 복각한 군복 타입의 옷들이 좀처럼 어울리지 않는다. 심플한 꼼데가르송의 팬츠나 아크네의 스웨트 셔츠, 헬무트 랑의 더블 코트 같은 것들을 주로 입는다. 90년대 미니멀리즘 시대를 언제나 그리워한다.

그럼에도 불구하고 안태옥이 만든 스펙테이터의 쉐필드 코트는 모든 색을 다 구입하고 싶을 정도로 좋다. '코트라면 으레 이렇게 만들어야지!'라고 외치는 것 같은 완성도에 경의를 표하고 싶기 때문이다. 몇 해 전에 나온 올리브색 쉐필드 코트를 구입하지 않은 것이 애석할 정도로 말이다.

장인은 점점 사라진다. 나는 패션계가 어떻게 돌아가는지 잘 모르는 사람이지만, 장인이 사라지고 있다는 두려움은 패션계의 표피로부터도 읽을 수 있다. 자신만의 디자인 철학을 갖고 꼼꼼하고 야무지게 옷을 만드는 사람들은 줄어든다. 대신 인스타그램과 셀러브리티 친구들을 동원하고 해외 브랜드를 적절하게 카피해 파는 비즈니스의 대가들은 늘어난다. 이런 시절일수록 나는 한국이라는 메마른 패션의 땅에서 성실하고 묵묵하게 자신의 길을 걷는 사람들을 응원하고 싶다.

나는 옷을 사랑한다. 패션을 존중한다. 그것을 만들어내는 사람들을 존경한다. 나는 안태옥, 그리고 스펙테이터라는 브랜드의 지속적인 스펙테이터가 되고 싶다.

생수를　샀다

　생수를 샀다. 프랑스산 생수인 에비앙이다. 에비앙을 차
곡차곡 냉장고에 넣었다. 부유한 사람이 된 기분이 들었다.
나는 에비앙을 좋아한다. 알프스산맥에서 솟아난 물을 먹는
다는 호사스러운 기분이 좋다. 무엇보다도 에비앙은 플라스
틱병이 예쁘다. 빛을 받으면 파르라니 반사되며 몽블랑처럼
빛난다. 예쁜 것을 냉장고에 가득 채운 뒤 냉장고 문을 열 때
마다 얻는 시각적 기쁨도 좋다.

　에비앙은 비싸다. 삼다수의 두 배다. 그런데도 나는 왜 에
비앙을 그렇게 좋아하는가? 그저 예뻐서? 물론이다. 그런
데 나의 에비앙에 대한 애정에는 내 입으로 직접 말하고 싶
지 않은 단어가 하나 숨어 있다. '허영'이라는 단어다.

　영국에 살던 시절 나는 항상 에비앙을 들고 걸어 다녔다.
그걸 들고 다니는 것이 어떤 아름다움과 부유함의 상징이

라도 되는 듯이 말이다. 그러다 친구를 길에서 마주쳤다. 비교적 값이 싼 볼빅을 들고 있던 친구가 나를 보며 말했다.

"데이먼. 너는 정말 패션 빅팀(Fashion Victim)이야."

그는 내가 에비앙을 들고 다니는 행위의 허영을 완벽하게 간파한 것이다.

고양이를 처음 길에서 입양한 날도 그랬다. 고양이를 입양했다는 소식에 친구들이 집을 방문했다. 고양이 물그릇에 물을 담아야 했다. 냉장고를 열어보니 에비앙밖에 없었다. 벌이가 변변찮은 시절이었는데도 에비앙만으로 가득했다. 나는 아무 생각 없이 에비앙을 꺼내어 고양이 물그릇에 따랐다. 친구들이 나를 경외하면서도 한심해하는 얼굴로 쳐다봤다. 한 친구가 말했다.

"고양이한테 에비앙을 먹일 거니 계속?"

나는 변명했다.

"아니야. 마트에서 할인하길래 샀을 뿐이야."

정말 그런가? 친구에게 변명하는 순간 나는 할리우드 영화 〈금발이 너무해〉의 한 장면을 떠올렸다. 리즈 위더스푼이 연기하는 엘르는 길을 걷다가 물그릇을 바닥에 놓은 뒤 강아지에게 주기 위해 에비앙을 따른다.

나는 금발도 아니고 캘리포니아의 부잣집 자손도 아니다.

고양이에게 에비앙을 따라주는 남자라니, 이거 진짜 진귀한 허영의 불꽃 아닌가 말이다.

그럼에도 나는 여전히 종종 에비앙을 산다. 냉장고에 가득 차 있는 에비앙을 보면서 잠깐의 허영에 빠진다. 솔직히 말하자면 에비앙이 그렇게 맛있는 물은 아니다. 목으로 넘길 때의 부드러움은 좋지만 어쩐지 텁텁하고 비릿하기도 하다. 우리가 삼다수를 들이켤 때 느끼는 강렬하고 칼칼한 시원함도 부족하다. 이 미네랄이 가득한 석회수가 한국적인 물맛은 아니라고 표현하는 것도 맞을 것이다. 하지만 인간은 꼭 실속으로만 소비를 하는 동물은 아니다.

모든 인간에게는 아주 약간이라도 일상의 허영이 필요하다. 당신 역시 그럴 것이다. 배달 음식을 아라비아 핀란드 접시에 담아 먹는 당신도, 인스턴트커피를 웨지우드의 잔에 따라 먹는 당신도, 유니클로 재킷에 에르메스의 스카프를 두르는 당신도, 일상의 작은 허영이 주는 자기만족의 기쁨을 알 것이다. 그런 허영은 삶을 보다 부드럽게 굴러가게 만드는 동력이 될 수도 있다. 그러니 마음 놓고 작은 허영을 자신에게 허락하라.

100퍼센트의 택시는 존재한다

나는 택시 중독자다. 자가용이 있지만 배터리가 방전된 채 지하 주차장에서 먼지를 뒤집어쓰고 쓸쓸히 잊혀간다. 어쩔 도리 없다. 나는 자가용이 있으면서도 택시만 타는 중증 택시 중독자다. 전화를 걸면 언제든지 집 앞까지 와서 나를 태우고 가는 편리함이 좋기도 하거니와, 직접 운전을 할 필요가 없어서 좋다. 마감이 끝나고 피곤에 전 몸으로 운전대를 잡아야 한다는 부담이 없어서 좋다.

한국의 택시비가 조금 더 올라야 한다는 게 나의 사회적, 윤리적 스탠드다. 하지만 솔직히 말해보자면, 택시비가 영원히 지금 수준에 머물러 있으면 좋겠다. 택시는 나의 발이다. 택시가 없다면 나는 이 정신 나간 도시에서 정신 나간 기자의 삶을 노서히 세속힐 수 없을 게다.

문제는 이거다. 100퍼센트의 택시를 만나는 건 도무지 쉬운 일이 아니다. 신세 한탄에 가까운 막무가내 정치 환담을 피해 간다 싶으면, 관광버스 뽕짝의 공격이 대기 중이고, 무시무시한 속도로 달리는 택시 앞자리에서 죽음의 공포를 느끼지 않는다 싶으면, 지름길을 피해 막힌 차선만 훑는 택시 기사를 부글부글 속으로만 원망하며 한숨 지어야만 한다.

오랜 택시 생활에도 불구하고 도무지 100퍼센트의 택시를 찾을 수 없었던 나는 100퍼센트의 택시란 애초에 존재하지 않는 것이라 심증을 굳히는 단계에 이르렀다. 무라카미 하루키에게는 100퍼센트의 여자아이를 만나는 게 중요했을지 모르겠다만, 나에게 더 중요한 건 100퍼센트의 택시를 만나는 일이었다. 가만 생각해보니 하루키의 미션이 차라리 쉬웠을 듯하다.

사실 그 목요일에도 별다른 기대는 없었다. 퇴근길에 낡은 택시를 잡은 나는 좌석에 몸을 기대는 동시에 이어폰을 귀에 꽂았다. 이어폰은 여러모로 유용하다. 이어폰을 꽂고 눈을 감으면 정치도 뽕짝도 무시무시한 야밤의 속도도 모두 이겨낼 수 있다. 게다가 택시를 타고 홀로 듣는 한밤의 록 음악은 내 영혼을 정화하고 내 심신을 안정시키는 신경안정제와 같다.

그런데 그날은 뭔가 좀 달랐다. 택시의 스테레오에서 흘러나오는 곡은 가요 메들리가 아니라 존 레넌의 ⟨Imagine⟩이었다. 마음 깊이 안도한 나는 이어폰을 빼고 오랜만에 듣는 존 레넌의 몽상가적 노래를 나지막이 따라 흥얼거렸다. 존 레넌의 목소리가 끝나자 생각했다. '이걸로 끝이로군. 존 레넌이 조금만 더 노래를 길게 만들었더라면 좋았을걸.' 나는 곧바로 이어폰을 귀에 꽂으려 했다.

그 순간, 기사는 여전히 아무 말 없이 녹음된 낡은 카세트 테이프를 스테레오에 밀어 넣었다. 환청 같은 오케스트레이션. 그와 함께 흘러나오는 액슬 로즈의 쉰 목소리. 건스 앤 로지즈의 ⟨November Rain⟩이 시작되고 있었다. 기사와 나는 한마디의 대화도 없이 각자 노래를 흥얼거렸고, 택시는 기타 연주에 맞춰 부드럽고 열정적으로 움직였으며, 노래가 끝나자마자 택시는 집 앞에 멈췄다.

택시에서 내리며 생각했다. '어쩌면 이 택시 기사는 나와 비슷한 연배일지도 몰라. 젊은 시절엔 골방에 처박혀서 기타를 치며 건스 앤 로지즈 같은 밴드를 만들겠노라고 부모님에게 선언했을지도 몰라. 그러나 막상 대학을 포기하고 밴드를 해봐야 공연을 할 기회는 없었을 테고, 결국 나이를 먹어서는 일자리가 필요했겠지. 그나마 그가 찾을 수 있었던 자리는 택시 기사였을지도 몰라. 어쨌든 자기가 좋아하는 음악을 틀어놓고 야밤의 서울을 로커의 스피릿으로 내달릴 수 있을 테니까 말이야.' 망상을 즐기는 사이에 택시는 건스 앤 로지즈의 기타 소리와 함께 저 멀리 내달리고 있었다.

그러니까 이 글을 읽는 당신 역시 포기하지 마시길. 100퍼센트의 택시는 세상 어디엔가 분명히 존재한다. 만약 당신이 무례하고 뽕짝의 리듬으로 가득한 택시와 매일 밤 마주치며 스트레스를 받더라도, 100퍼센트의 택시를 만나는 일을 결코 포기해서는 안 된다. 오히려 나는, 아직 100퍼센트의 택시를 만나는 즐거움과 마주치지 않은 당신이 더 부럽다.

나는 운전을   하지 않을 것이다

나는 운전을 정말이지 못한다. 일단 나는 기계를 다루는데 유독 약한 편이다. 한 번에 두 가지 일을 동시에 하는 것도 힘들다. 한 손으로 핸들을 컨트롤하면서 다른 한 손으로 깜빡이를 켜는 동시에 발로는 브레이크와 액셀을 번갈아 가며 밟는 그런 일 말이다. 그리고 나는 주차를 정말 몸서리치게 못한다. 대체 인간이 왜 손바닥만 한 거울을 보며 후진 주차라는 것을 해야 한단 말인가. 그런 건 그냥 인간의 본성에 어긋나는 짓 아닌가.

그래도 운전면허는 1995년에 땄다. 별다른 특기가 없으니 그거라도 따야 훈련소에서 운전병으로라도 차출될 가능성이 높지 않겠나 싶어서였다. 그 운전면허도 두 번이나 실기에서 낙방하고 나서야 겨우 땄다.

한때 차가 있기는 했다. 동생이 차를 새로 바꾸면서 오래된 SM5를 주고 갔다. 우선 그걸로 운전 연습을 한 다음 마음에 쏙 드는 차를 살 생각이었다. 그래서 연수를 위한 선생을 불렀다.

2주에 걸친 운전 연수는 재앙이었다. 선생이 액셀을 밟으라고 하면 나는 브레이크를 밟았다. 선생이 좌회전 깜빡이를 넣으라고 하면 나는 우회전 깜빡이를 넣었다. 오른쪽 차선으로 차가 달려오는데도 그 존재를 모르고 오른쪽으로 차선을 바꾸다가 어마어마한 욕지거리와 경적 세례를 받은 적도 여러 번이었다. 그럴 때마다 나는 온몸이 땀에 젖은 채 "잠깐 담배 한 대만 피우고 하죠"라고 말했고, 그럴 때마다 선생은 '내가 오늘 이놈 때문에 목숨을 잃게 될 거야'라는 눈빛으로 고개를 끄덕거렸다.

어쨌든 그렇게 2주 연수가 끝나고 차를 몰고 나가다가, 나는 좁은 골목에서 도저히 차를 움직일 수 없는 상황이 됐다. 앞뒤로 차들이 미친 듯이 경적을 울려댔다. 진퇴양난의 그 순간이었던 것 같다. 내가 운전을 완전히 포기하기로 마음먹은 것 말이다.

차를 곧장 팔았다. 다시는 운전을 하지 않겠다고 결심하니 마음이 편해졌다. 하지만 기분이 썩 좋지는 않았다. 운전을 잘 못한다는 이유로 운전을 포기한다는 건 어쩐지 이 거

대한 세계의 당연한 질서에 굴복하고 굴종한다는 선언과도
마찬가지였으니까 말이다.

그러나 나는 어쩌면 운전을 할 필요가 없을지도 모르겠
다. 구글은 무인 자동차의 시내 주행 실험을 개시했다. 구글
무인 자동차는 테스트 드라이버, 그러니까 아무것도 하지
않은 채 그냥 차 안에 앉아 있는 사람들을 태우고 캘리포니
아 시내 주행을 성공리에 마쳤다. 나는 환호성을 질렀다. 업
계가 무인 자동차에 대한 기대를 슬그머니 내비쳤던 게 겨
우 몇 년 전이다. 그런데 구글은 벌써 무인 자동차를 만들어
버렸다. 구글 무인 자동차 사업팀은 2~5년 뒤로 일반인들이
실제 도로에서 무인 자동차를 이용할 수 있을 거라고 예상
한다.

내가 사랑해 마지않는 천재이자 테슬라 자동차의 대표인
일론 머스크는 "무인 자동차가 훨씬 안전한 시대가 올 것이
며, 인간이 자동차를 운전하는 것조차 허락되지 않을 것"이
라고 말했다. 나는 무릎을 쳤다. 정말이지 간단한 해법이었
다. 진정한 혁신가들은 근원적이고 대범한 아이디어로 세상
을 바꾼다는 걸 다시 깨달은 것이다. 모든 사람이 운전을 잘
하는 게 아니라고? 운전을 좀 더 쉽게 할 수 있는 방법을 연
구하라고? 그게 아니지. 운전을 하지 않아도 자가용을 몰 수

있게 만들게 하라! 초등학생의 상상력처럼 간단한 아이디어로부터 진짜 혁신은 시작된 것이다.

　나는 마포대로가 내려다보이는 아파트에 산다. 거기서 지친 표정으로 경적을 울리며 운전을 하는 내 나이대의 직장인들을 본다. 그들은 조금도 운전을 즐기고 있지 않다. 나는 그들을 보며 웃는다. 어차피 모두가 핸들을 잡지 않고도 자가용 출퇴근을 즐기게 될 시대가 올 것이다. 나는 벌써 출퇴근길에 들을 OST를 선곡하고 있다. 무인 자동차를 사는 날 가장 처음으로 틀 노래는 비틀스의 〈Drive My Car〉다. 물론 핸들 따위는 잡지 않을 것이다. 핸들은 없을 테니까.

완벽하게
무의미하게

휴가철이 되면 내가 가장 먼저 던지는 질문은 '다음 도시는 어디가 될 것인가'이다. 여름휴가마다 동남아의 해변 휴양지로 달려가 온몸을 노릇노릇 구운 채 한국으로 돌아오는 지인들을 나로서는 도무지 이해할 길이 없었다.

내가 유일하게 가본 휴양지는 태국 푸껫의 피피섬이었다. 그것도 자의는 아니었다. 영화 잡지에서 일하던 시절, 중급 정도의 예산에 중급 정도의 스타가 나오는 스릴러 영화의 촬영지를 취재하기 위해 피피섬으로 갔다. 다른 기자들은 다들 좋아했지만 나는 스릴러 영화의 촬영지가 베를린이나 파리가 아닌 것이 영 실망스러울 따름이었다. 푸껫 공항에 내리자 습한 열기가 훅 기관지로 불어 들어왔다. 맙소사. 그건 내가 한 번도 겪어보지 못한 세계의 열기였다. 싫었다.

반나절의 촬영이 끝나고 나는 해변에 앉았다. 온몸을 새

카맣게 태운 백인 청년들이 천 쪼가리 하나 걸치고 해변에 누워 있었다. 히피처럼 옷을 입은 백인 배낭여행자들은 해변 곳곳에 앉아서 타이거 맥주를 마시며 말없이 바다를 쳐다봤다. 이들은 천국을 찾아온 친구들이었다.

그렇구나. 나는 뭐에 홀렸는지 평소답지 않게 대담해졌다. 옷을 홀러덩 벗어 던지고 해변에 누웠다. 해변에 눕자 태양이 온몸을 달궜다. 모래가 발과 등을 감쌌다. 아무것도 할 필요가 없었다. 바로 이 때문에 사람들은 여기를 찾는 거였구나. 그제야 나는 이유를 알 것 같았다.

피피섬 이후로 나는 해변이 있는 남국의 천국으로 한 번도 휴가를 가본 적이 없다. 베를린, 뉴욕, 도쿄, 부다페스트…. 나는 아스팔트 위에 발을 붙이고 있는 것이 가장 행복한 인간이다. 그러나 종종 나는 피피섬을 꿈꾼다. 그 아무것도 할 필요 없는 천국이 그리울 때면, 태국행 비행기 표를 끊는 대신 대니 보일의 영화 〈비치〉를 본다.

레오나르도 디카프리오가 연기하는 주인공 리처드는 그저 모험을 찾아 배낭 하나 메고 방콕을 찾는다. 거기서 그는 마약에 찌든 호텔 옆방 남자로부터 천국에 가까운 신비의 섬이 있다는 이야기를 듣는다. 지도를 입수한 리처드는 프랑스 배낭족 연인과 함께 결국 신비의 섬을 찾아낸다. 그

섬은 전 세계에서 몰려든 청년들이 자족적인 공동체를 꾸리고 사는 장소다. 마치 태초의 인간들처럼, 그들은 자신을 외부 세계와 단절시키고 자신들만의 낙원을 창조했다. 물론 모든 유토피아와 마찬가지로 낙원의 실험은 결국 실패한다. 낙원의 공동체는 무너지고, 리처드는 도시로 돌아간다.

나는 사실 피피섬의 해변에 누워서 낙원을 결국 떠나야 했던 리처드의 심정을 골똘히 분석해보려 노력했던 것 같다. 그러나 피피섬은 골똘한 생각이라는 것을 도무지 할 수 없는 장소였다. 모든 것이 너무나도 완벽한 나머지 완벽하게 무의미했다. 그저 영원히 해변에 누워 살고 싶었다. 허기가 지면 물고기를 잡으면 될 터였다. 비타민이 부족해지면 나무에 열린 과일을 따 먹으면 될 터였다. 가끔 지루해지면 수영을 하거나 해변의 고양이들과 놀면 되는 인생이었다. '완벽하게 무의미하게, 완벽하게 살면 되는 거야!' 나는 무언가 거대한 자연의 가르침을 얻은 것처럼 충만해졌다.

하지만 한국으로 돌아오자마자 나는 낙원을 버리고 뉴욕으로 돌아가야 했던 리처드처럼 몸도 마음도 제자리로 돌아왔다. 그리고 다음 휴가지도 당연한 듯이 베를린으로 결정했다. 아스팔트 위에 발을 붙이고 살 때 가장 행복하다는 내 인생의 모토는 변함이 없었다.

물론 나 역시도 종종 도시를 도망치듯 떠나 낙원으로 가고 싶을 때가 있고, 그럴 때마다 내 인생의 유일한 휴양지였던 피피섬을 떠올리며 〈비치〉를 본다. 그러고는 결국 낙원을 떠나는 리처드의 등을 바라보며 다시 한번 내가 피피섬행 항공권을 끊지 않은 것에 안도하곤 하는 것이다.

가난하고
섹시하게

사실 이 글을 쓰고 있는 이 순간에 나는 베를린에 있어야 한다. 쌓인 일을 처리하느라 휴가를 미룬 탓에, 나는 베를린 미테의 아파트에서 갓 장을 봐 온 신선한 소시지와 요거트로 아침을 차려놓고 오늘은 뭘 하며 빈둥거릴까 고민하지도 못한 채 이 글을 쓰고 있다. 아, 갑자기 화가 치솟는다. 나는 매년 여름의 베를린을 놓친 적이 없는데 올해는 그 맛을 보지 못할 예정이기 때문이다.

왜 베를린을 이토록 사랑하느냐고? 이유는 간단하다. 유럽에서 가장 가난하지만 섹시한 도시이기 때문이다. 섹시한 도시는 많다. 어떤 도시든 파리와 바르셀로나의 섹시함을 따라가기란 쉽지 않다. 그러나 베를린은 가난하지만 섹시하다. 말인즉슨, 섹시한 여행지지만 농시에 저렴하나는 소리다.

우리 이제 낭만을 이야기합시다

사실 '가난하지만 섹시한 베를린'이라는 모토는 지난 2001년부터 2014년까지 베를린 시장을 맡았던 클라우스 보베라이트가 먼저 발명한 것이다. 독일 사회민주당 소속의 정치인인 보베라이트는 러브 퍼레이드와 베를린 영화제의 중흥을 이끌었으며, 2001년에는 베를린 장벽을 제외하면 누구도 관심 없던 낡은 독일의 수도 베를린을 지금 지구에서 가장 근사한 도시 중 하나로 재발명한 남자다. 어떻게?

그는 시장이 되자마자 베를린 파트너 주식회사라는 공기업을 만들었다. 예술 관련 기업들을 유치하기 위해서였다. 그는 예술가들에게 베를린 이주 자금을 지원했고, 가난한 예술가들에게 무료 의료보험 혜택을 주면서 정기적인 전시회를 열 수 있게 도왔다. 그러자 가난하지만 재능 있는 예술가들이 전 세계에서 베를린으로 몰려들었다. 그것이 베를린 사람들의 연 수입을 압도적으로 높여준 건 아니었다. 예술가 천 명을 끌어들이는 것과 IT 사업가 백 명을 끌어들이는 것은 경제적인 효과에서 비교할 수가 없다.

그러나 베를린이 프랑크푸르트나 뮌헨처럼 부유한 도시가 될 이유는 애초에 없었을 것이다. 보베라이트는 베를린을 개조하지 않고도 이 도시의 진정한 유산을 매력적으로 재창조했고, 그것은 결국 모든 시민의 행복으로 이어졌다.

동시에, 보베라이트는 동성애자임을 명확하게 커밍아웃

하고 시장이 된 사람이다. 그는 2001년 "나는 동성애자입니다. 그리고 그건 그것대로 좋습니다!(Ich bin schwul - und das ist auch gut so!)"라며 커밍아웃했다. 그리고 베를린 시민들의 압도적인 지지로 시장이 됐다. 베를린 시민들은 그들의 관용에 걸맞은 시장을 얻은 것이다.

나는 베를린에 갈 때마다 한 명의 진보적인 선각자가 어떻게 한 도시를 완벽하게 변화시킬 수 있는지를 본다. 거대한 클럽 베르크하인의 쾌락적인 토요일 밤에서, 권오상의 작품을 전시 중인 미테의 작은 갤러리에서, 강변에 앉아서 직접 쓴 시를 노래로 만들어 연주하고 있는 젊은 밴드에서. 나는 베를린의 모든 곳에서 클라우스 보베라이트를 본다. 모두를 부자로 만들어주겠다는 거대한 정치적 모토(거짓말)와, 다른 것은 나쁜 것이라는 거대한 종교적 신념(편견)과, 모든 작은 문화적 움직임을 자본의 논리로 흡수하겠다는 거대한 기업의 전략(탐욕)으로 가득한 서울에서, 매일매일 나는 클라우스 보베라이트의 베를린을 그리워한다.

우리 이제 낭만을 이야기합시다

폴린 카엘은 남았다

오래전 파리의 서점 '셰익스피어 앤드 컴퍼니'에 갔다가 1973년에 발행된 폴린 카엘의 비평집 《Deeper Into Movies》를 샀다. 지난 2001년 작고한 폴린 카엘은 1968년부터 1991년까지 《뉴요커》를 주 무대로 비평을 기고했던 평론가로, 예리한 직관과 아이러니에 개인적인 감상을 팍팍 친 신랄한 독설로 유명했던 저널리즘 비평의 큰언니다.

그녀의 글은 아주 명쾌하다. 《뉴요커》를 읽을 만한 수준의 독자를 위한 글이기도 하지만, 그들을 지휘하려는 욕심이 배어나는 글이기도 하고, 종종 독자의 뒤통수를 후려치며 "어디 한번 반박해보시지"라고 도발하는 글이기도 하다. 무엇보다 독자와 지적인 유희와 논쟁을 벌이기를 두려워하지 않는 글이다.

바로 그런 이유로 폴린 카엘의 독설은 삼키기가 매우 난감하고, 바로 그 때문에 카엘은 귀찮은 논쟁에 자주 휩싸였다. 지난 1965년, 카엘은 〈사운드 오브 뮤직〉을 "사람들이 먹고 싶어 하도록 당의(糖衣)를 씌워놓은 거짓말투성이"라며 난도질했는데, 대중은 카엘의 독설에 맹렬하게 분노를 표했고 당시 비평을 실었던 여성지 《McCall's》는 결국 카엘을 해고했다.

카엘은 무뎌지지 않았다. 그녀는 지난 70년 '볼트와 린'이라는 글을 통해 〈라이언의 딸〉을 위시한 데이비드 린의 영화들을 난도질했는데 이게 정말 장관이다.

"데이비드 린은 슈퍼테크니션이다. 그가 원하는 것이라곤 테크놀로지를 통솔하는 것밖에 없는 듯하다. 유머라고는 없이 꽉 짜인 그의 에픽들은 어떠한 감정적인 에너지도 없고, 막대한 기술적 노동을 감출 만한 열정적인 비전도 없다."

데이비드 린이 어떤 식으로 항의했냐고? 이 위대하고도 심약한 작가는 카엘의 비평에 마음이 상한 나머지 이후 14년 동안 영화를 만들지 않았다. 아메리칸 시네마의 끝물에서 "영화는 죽었다"라고 선언하고는 초창기 블록버스터들을 잘근잘근 씹어댔던 카엘은 〈스타워즈〉도 놓치고 지나가지 않았다.

"서정도 없고 감정적으로 끌어당기는 요소도 없는, 꿈꾸

우리 이제 낭만을 이야기합시다

지 않는 에픽이다."

나는 〈사운드 오브 뮤직〉을 좋아하지만, 카엘의 의견에도 동의한다. 내가 〈사운드 오브 뮤직〉에서 좋아하는 건 바로 그 당의를 제외한 모든 부분들이다. 나는 〈아라비아의 로렌스〉가 '미친 테크니션의 정신나간 야망이 믿을 수 없는 절정에 도달한 상태'이기 때문에 좋아하지만, 〈닥터 지바고〉는 줄리 크리스티와 〈라라의 테마〉가 없었다면 좋아할 수 없었을지도 모른다. 〈라이언의 딸〉은 크리스토퍼 존스의 얼굴만 좋다.

나는 《Deeper into Movies》를 읽기 시작한 이후로 카엘이 저승에서 열심히 타자기를 두들기고 있는 상상을 종종 한다. 그녀는 아마도 데이비드 린의 1984년 작 〈인도로 가는 길〉에 대해 이렇게 썼으리라.

"소심한 영국 기숙사 학생처럼 삐쳐서 14년 동안 칩거하지만 않았더라면 〈인도로 가는 길〉 정도의 영화야 12년쯤 전에 볼 수 있었을 것이다."

망상에 즐거워하던 중 카엘이 파킨슨병으로 고통받던 1984년에도 열정적으로 글을 썼다는 사실을 깨달았다. 인터넷을 뒤져봤더니 그녀는 이렇게 썼더라.

"위대하지 않은 원작으로 존중받을 만한 일을 해냈다."

말년의 그녀는 무뎌지고 마음씨 좋은 할망구가 됐던 것일까? 물론 아니다. 80년대와 90년대에도 카엘의 독설은 여전했다. 이유는 간단하다. 데이비드 린은 마침내 폴린 카엘이 만족할 만한 영화를 만들었던 것이다.

평론과 논쟁의 시대가 사라진 지금. 나는 아직도 폴린 카엘을 읽는다. 사람들은 계속해서 그 위대한 평론의 시대를 되살리려 노력하겠지만 그런 시대는 아마도 오지 않을 것이다. 평론가와 작가들과 독자들의 인터랙션은 이미 거의 사라졌거나, 사라지고 있다. 슬프지만, 우리는 그걸 받아들여야만 차라리 더 행복하게 평론을 쓸 수 있을 것이다.

우리 이제 낭만을 이야기합시다

자기 자신의 인생을 자기 마음대로
설계한다는 것은 정말이지 어려운
일이다. 인생의 제법 큰 부분들은
기대하지 않았던 우연들의
연속으로 만들어진다.
인생은 끊임없이 수정해나가야
하는 설계도면이다.

잡지가   사라졌다

잡지가 사라졌다. 중앙일보 계열의 제이티비씨 플러스는 발행하던 잡지 8개 가운데 4개를 순차적으로 폐간했다. 외국 잡지와 판권 계약을 맺고 한국판으로 발행하는 라이센스 잡지 《엘르》, 《바자》, 《에스콰이어》, 《코스모폴리탄》은 남고 《헤렌》, 《인스타일》, 《쎄씨》, 《여성중앙》이 폐간됐다. 제이티비씨 플러스 관계자는 《미디어오늘》에 "폐간이 아니라 휴간"이라고 말했다. "잡지 시장 경기가 좋아지고 경영 상황이 바뀌면 다시 복간할 수 있다"라고도 덧붙였다.

잡지 시장 경기가 좋아지면 복간을 한다고? 이미 잡지 시장에 겨울은 왔다. 일간지와 디지털 미디어에 겨울이 왔다면 잡지 시장에는 빙하기가 왔다. 복간이라는 용어를 쓰고 있지만 이건 폐간이나 다를 바가 없다. 《쎄씨》 편집장 등 기자 여러 명은 권고사직을 요구받았다. 제이티비씨 플러스

우리 이제 낭만을 이야기합시다

직원 한 명은 사옥에 대자보를 붙였다. "'콘텐츠 하우스'라고 하는 이곳에서 우리는 콘텐츠에 대한 일말의 존중도 찾아보기 힘들다"는 절규였다. 대자보는 금방 떨어져 나갔다. 소식을 전하는 매체는 몇 없었다.

《쎄씨》는 상징적인 잡지였다. 1994년 10월 창간한 이 여성 잡지는 엑스세대의 바이블이나 마찬가지였다. 미국에서 건너온 라이센스 잡지들이 폭발적으로 생겨나던 시절에도 《쎄씨》는 고고하게 시장에서 버텼다. 이곳 출신들은 다른 회사에서 중역을 맡거나 잡지사를 차리기도 했다. 그 잡지 출신들은 악명 높은 일 중독자에 일도 잘하기로 유명했다.

《여성중앙》 역시 상징적인 잡지였다. 나는 엄마의 "《여성중앙》 하나 사 와라"라는 심부름을 매달 해야 했다. 그것은 우리 엄마 세대의 라이프 스타일 바이블이었다. 얼마 전엔 다른 잡지에서 일하는 후배 하나가 메일을 보냈다. 회사 자금 사정으로 인해 원고료가 조금 늦게 들어올 수 있다는 양해와 사과의 메일이었다. "편집팀도 반은 전투 모드"라는 말이 가슴을 쳤다.

뉴요커라면 너무나도 익숙한 주간지 《빌리지 보이스》가 문을 닫았다. 창간 63주년 만의 일이다. 이미 1년 전에 디지털화를 시도했지만 결국 매체를 계속 지탱할 만큼의 돈을 벌 수가 없었던 것이다. 발행인은 2018년 8월 31일 "재정적 문제로 발행을 완전히 중단한다"라고 밝혔다.

그런데 여기서 한국의 폐간 기사들과는 다른 부분을 발견했다. 그건 폐간을 하더라도 잡지의 영속성을 지키려는 시도다. 《빌리지 보이스》의 마지막 직원들은 다음 세대가 계속해서 《빌리지 보이스》의 콘텐츠들을 볼 수 있도록 지면 전체를 아카이빙하는 작업에 돌입했다. 그렇다면 우리는 이렇게 물을 수밖에 없다. 《쎄씨》는? 《여성중앙》은?

나는 2년간 비라이센스 남성지의 디렉터로 일하며 많은 기사를 썼다. 잡지는 내가 퇴사하고 얼마 지나지 않아 사라졌다. 누구도 아카이빙은 하지 않았다. 홈페이지는 사라졌다. 한국은 잡지를 그냥 없애버린다. 그리고 역사를 버린다.

수십 년이 된 잡지의 아카이브는 인류의 유산이다. 나는 잡지의 전성기가 다시 오리라 쉬이 예견하지 못한다. 하지만 우리에게 필요한 건 그 많은 정보의 아카이빙이다. 잡지는 사라질 수 있다. 물성에의 매혹은 사라질 수 있다. 콘텐츠는 남아야 한다. 그것은 돈이 되지 않는다는 이유로 잡지들을 휴간하고 폐간하는 콘텐츠 회사들이 마지막까지 지켜야 할 책임이자 긍지다.

금각사를 불태우라

문학에 대한 사랑을 어느 순간 잃어버렸다. 슬픈 일이다. 나는 초등학교 시절부터 문학 광이었다. 닥치는 대로 읽었다. 어찌나 닥치는 대로 읽었던지 아버지로부터 책 읽기 금지령을 받을 정도였다. 비실비실하고 병약한 놈이 놀이터에서 친구들과 뛰놀 생각은 하지 않고 친구 집을 전전하며 닥치는 대로 책만 읽는 터라 항상 비실비실하고 병약했으니 그 또한 아버지 입장에서는 걱정이 되고도 남았을 것이다. 어쩔 도리 없었다. 나는 책이 좋았다. 문학이 좋았다. 읽어도 읽어도 새로운 이야기가 또 남아 있었으니 그만큼 기쁜 일이 또 없었다.

그런데 나는 왜 중년의 문 앞에서 문학에 대한 사랑을 잃어버리고 만 걸까. 아마 거기에는 몇 가지 이유가 있을 것이다. 문학에 대한 사랑을 고등학교 즈음에 영화에 대한 사랑으로 치환해버린 것이 가장 큰 이유일지 모른다. 또 하나의 이유는, 나이가 들어서다. 나이가 들면 어느 순간 문학이 하는 이야기를 읽다가 문득 그 모든 것이 이미 내가 겪은 이야기라는 사실을 깨닫게 되는 경우가 많다. 대다수 사람의 진짜 인생은 문학 속의 인생과는 다르다는 사실 또한 깨닫게 된다. 내 경우에는 그래서 픽션으로부터 논픽션의 세계로 옮겨가고 말았다. 가상의 인생에 웃고 눈물짓는 것을 멈춘 채, 실존하는 세계의 이야기에 더 웃고 눈물짓는 재미없는 어른이 되어버린 것이다.

그럼에도 어떤 문학은 특정 장면을 반복적으로 나에게 일깨운다. 아파트 베란다에서 노을을 바라보다가, 혹은 지나치게 자외선이 강렬한 어느 날 광화문을 걷다가, 혹은 그저 멍하니 앉아서 오늘의 기억을 떠올리다가, 문득 특정 소설의 한 장면이 별안간 가상의 망막 앞에 영사되어버리는 것이다.

나에게 그런 소설은 미시마 유키오의《금각사》다. 정신병을 앓던 수도승의 방화로 교토의 금각사가 불타버린 1950년의 실제 사건을 미시마 유키오가 특유의 탐미주의에 대한 징글징글한 집착을 덧붙여 1956년에 써낸 소설 말이다.

나는 이 책을 사춘기 시절에 읽자마자 거의 완벽할 정도로 사로잡혔다. 교토로 가서 금각사를 보는 것이 일생일대의 꿈 중 하나가 될 정도로 말이다. 영화를 공부하던 시절에는 《금각사》를 꼭 영화로 만들어보고 싶었다. 나는 종종 금각사의 사진을 보며 많은 장면을 머릿속으로 설계해보기도 했다. 당시 내가 생각했던 주연 배우는 구보스카 요스케였다.

그러나 내 꿈은 무너졌다. 알고 보니 《금각사》는 이미 한 번 영화화된 적이 있었다. 거장 이치가와 곤이 1958년에 만든 〈염상〉이다. 그러나 나는 이 결의에 찰 정도로 아름다운 걸작이 완벽하게 좋지는 않았다. 이치가와 곤은 혁명적인 60년대를 맞이하기 직전의 뒤틀린 도덕적 우화로 《금각사》를 재해석했다. 그것 나름대로 근사하지만 미시마 유키오의 원작에 있던 숨이 막힐 정도의 탐미주의는 어느 정도 거세되어 있다고 생각했다. 더욱 목이 졸릴 정도로, 정신병적일 정도로 아름다워야 했다. 도덕적 우화가 아니라 미학적 파멸의 불구덩이여야 마땅했다. 그러니 이 소설을 망상 속에서 영화화할 기회가 아직 완전히 사라진 것은 아니었다.

몇 년 전 처음 교토에 가서 금각사를 실제로 마주한 뒤 나는 더욱 《금각사》의 새로운 영화를 꿈꾸기 시작했다. 왜냐면 금각사는 거기에 없었기 때문이다. 일본인들은 불에 타서 재가 되어버린 금각사를 예전 그대로 다시 짓지 않았다. 대신 번들번들하게 금을 바른 괴이한 모조품처럼 금각사를 새로 지었다. 진절머리가 날 정도로 아름답지 않았다. 독일 노이슈반슈타인 성과 그걸 흉내 낸 디즈니랜드의 '잠자는 미녀의 성'을 한번 떠올려보시라. 불타기 전의 금각사와 새 금각사의 차이가 바로 그런 것이다.

지금 나는 머릿속으로 〈금각사〉를 촬영하고 있다. 내가 만들 가상의 영화 〈금각사〉 속에서 가장 중요한 클라이막스는 역시 금각사가 불타오르는 장면이다. 20분에 걸쳐 서서히 타오르는 황금의 신전을 롱테이크로 담아낼 그 장면은 정말이지 끝내줄 거다. 주연 배우? 구보스카 요스케는 이미 잊었다. 지금 내가 떠올리고 있는 배우는 가세 료다. 그는 궁극의 아름다움을 추구하다가 궁극의 아름다움을 불태워버릴 법한 남자의 눈을 갖고 있다.

3부 ─────────────

쓸모와
쓸모없음

사이에서

나는 장난감을 사는 중년이다

엄마는 집에 점쟁이를 불렀다. 고등학교 시절 이야기니, 지금으로부터 20년도 더 된 이야기다. 엄마는 아파트 부녀회 회원들과 함께 지리산에서 폭포수 좀 맞았다는 도사를 집으로 불렀다. 꽤 돈을 많이 줘야 모실 수 있는 데다가, 사주를 잘 보기로 유명하다는 도사였다.

사실 이 도사라는 점쟁이는 내가 학교와 학원 수업을 끝내고 집에 돌아가기 전에 아주머니들의 사주를 모두 봐주고 몰래 사라질 계획이었다. 엄마로서도 집에 점쟁이를 불렀다는 걸 아들들에게 들키고 싶지는 않았을 것이다. 하지만 그날따라 몸이 안 좋아 학원을 빠지고 일찍 집에 들어간 나는 결국 보고야 말았다. 내가 들어왔다는 사실도 모른 채 열심히 점쟁이를 둘러싸고 자식들의 사주를 물어보던 어머님들의 열정을.

나는 인기척을 전혀 내지 않고 문가에 서서 살짝 엿듣기로 했다. 마침 엄마가 점쟁이에게 아들 둘의 사주를 물어보던 참이었다. 점쟁이는 동생에 대해서 먼저 말했다.

"작은아들은 칼을 쥐는 직업을 갖게 될 것이오."

동생을 의대에 보내려고 마음먹고 있던 엄마는 아주 기분 좋은 목소리로, 나에 대해 물었다.

"그럼 우리 큰아들은 어떨 것 같습니까?"

점쟁이가 낮은 신음 소리를 내더니 말했다.

"흐으으으음…. 큰아들은 평생 철이 안 들겠소. 철이 안 들어."

나는 뭔가 큰 죄를 지은 죄인처럼 몰래 문을 열고 다시 바깥으로 탈출했다. 철이 안 들다니. 나처럼 일찍 철든 10대가 있을 거 같아? 들어가서 항변이라도 해야 했지만, 그 아주머니들 앞에서 그럴 만한 용기는 내게 없었다. 대신 나는 이를 갈았다. 내가 얼마나 철이 들었는지 보여주겠어.

보여주긴 뭘 보여줘. 그 점쟁이는 내 방에 5분만 들어갔더라도 "거봐. 내 말이 맞지?"라며 의기양양하게 웃었을 것이다. 당시 고등학교 2학년이었던 내 방은 전과와 참고서 사이사이에 장난감이 가득했다. 그걸 버리라는 엄마와 니의 투쟁은 이미 나의 승리로 끝난 지 오래였다. 초등학교 시절엔 아카데미과학에서 나오는 잠수함이나 전함, 전투기 프라모델을 끈질기게 사 모았다. 당대의 소년들에게 엄청난 인기를 모으던 '죠이드' 시리즈는 거의 집착적으로 모았다. 용돈을 받으면 나는 책을 한 권 사고, 남은 돈으로는 항상 장난감을 샀다.

　나의 장난감에 대한 집착을 프로이트가 봤더라면 '아버지의 정이 부족한 어린 시절에 대한 보상 심리'라고 진단 내렸을지도 모른다. 나는 아버지 없이 엄마와 외할머니 손에 온전히 큰 거나 마찬가지다.

　하지만 가만 생각해보라. 성인이라는 존재들은 사실상 아이와 별로 다를 바가 없다. 경험치와 나이만 늘 뿐, 우리 모두 열몇 살짜리 아이로부터 그리 큰 내적 성장을 이룬 존재는 아니지 않은가. 그걸 받아들이면 마음이 편해진다. 장난감을 구입하면서 굳이 "제 조카 주려고요"라는 변명을 늘어놓을 필요도 없고, 사람들을 집으로 초청한 다음 "아이고 제가 어릴 적에 아버지 사랑을 좀 덜 받아서 그 보상 심리로 이장난감들을 사는 거니까 웃기다고 생각하지 마세요"라고 애꿎은 셀프 정신 분석을 중얼거릴 필요도 없다. 나는 그저 새 신발을 사듯, 새 코트를 사듯, 새 책을 사듯 장난감을 산다.

　내가 가장 아끼는 장난감 중에는 옆에서 박수를 치면 혼자서 노래를 하는 기즈모 인형, 70년대에 생산된 츄바카와 베오울프 피규어, 80년대에 생산된 고지라 모형 등이 있다. 잡지 촬영용으로 구입해 집어삼킨 〈퍼시픽 림〉의 로봇 피규어도 빼놓을 수 없겠다. 창고에는 아직 조립하지 않았거나 반쯤 조립한 건프라가 거의 2미터 정도 쌓여 있다.

언젠가는 동유럽으로 기차 여행을 가서 새로운 장난감을 샀다. 처음 만나는 여행 잡지 기자들 사이에 끼어 간 여행이었다. 유일한 남성지 기자였던 나는 이미 서로를 너무 잘 알고 있는 그들 사이에서 아주 잠깐씩 쓸쓸해졌다. 나는 그걸 극복하는 방법을 알고 있었다. 여행을 같이할 동반자를 찾는 것이었다.

체코 프라하에 들르자마자 나는 그 동네에서 가장 유명한 캐릭터 상품을 파는 가게로 들어갔다. 검은 두더지가 가득했다. 점원은 말했다.

"이건 우리 체코의 가장 유명한 캐릭터인 크르텍이야. 검은 두더지지."

크르텍은 1956년 즈데넥 밀라르라는 만화가가 만들어낸 일종의 국민적 캐릭터라고 했다. 한국으로 치자면 둘리쯤 되는 캐릭터랄까. 나는 가득 쌓여 있는 크르텍들 사이에서 빨간 자동차를 타고 있는 크르텍을 찾아냈다. 자동차를 탄 크르텍은 딱 하나뿐이었다. 심지어 크르텍을 꾹 누르면 "삐이! 삐이!" 하고 자동차 경적 소리도 났다. 나는 환호성을 내지르며 자동차를 탄 크르텍을 점원에게 내밀었다.

"이 친구로 하겠어."

크르텍은 남은 며칠간 내 여행의 동반자가 됐다. 같이 대화도 하고 사진도 찍었다. 일행이 "그건 뭐예요?"라고 물으면 "프라하에서 새로 사귄 친굽니다. 프라하의 연인…"이라고 답했다. 밤마다 인형과 대화하는 호러 영화 속 주인공 소년처럼 보일지도 모른다는 사실을 나도 잘 알고 있다. 중년의 남자가 프라하에서 부다페스트로 가는 기차 속에서 체코두더지 인형을 창가에 올려놓고 즐거운 표정으로 웃고 있는게 꽤 무시무시한 일이라는 것도 알고 있다.

하지만 어쩔 도리 없다. 나는 크르텍이 좋다. 크르텍도 날 똑같이 좋아하고 있을 것이다. 한 가지 덧붙이자면, 20년 전 내가 영원히 철들지 않을 거라고 했던 점쟁이의 예언은 옳았다. 하지만 철이 들었다면 나는 크르텍을 절대 만나지 못했을 것이다.

쓸모 있는
쓸모없는 것들

역시 이번에도 쓸모없는 것들을 샀다. 베를린에서 돌아오
자마자 슈트 케이스를 풀었다. 쓸모없는 것들이 잔뜩 튀어
나왔다. 동구권 시절의 빈티지 찻잔 세트. 이건 그렇게까지
쓸모없다고는 할 수 없겠다. 나는 집에서 커피 내리는 걸 좋
아하고, 마음에 드는 찻잔에 담아 마시는 건 더 좋아한다. 멀
쩡한 커피 머그잔이 여섯 개나 더 있다는 건 비밀이다. 다음
은 미술관에서 산 대형 포스터. 이 쓸모없는 것을 가져오느
라 1미터가 넘는 종이 상자를 따로 구입해야 했던 걸 떠올
리니 갑자기 마음이 답답해진다만, 그래도 벽에 걸어놓으면
꽤 쓸모 있어 보일지도 모른다. 마지막으로 베를린 티브이
타워가 그려진 보드카 술잔 세트. 한국에 도착하고 나서야
깨달았다. 나는 심지어 술을 잘 마시지도 않는다.
　여행을 갔다 올 때마다 구입한 쓸모없는 것들은 이미 거

실을 완전히 장악했다. 사슴 머리 모양의 촛대는 한국에서 맞는 양초를 찾을 수가 없어서 거실에 장식용으로 버려놨다. 도쿄 기치조지 뒷골목에서 구입한 태엽 감는 알파카 장난감은 정말 앙증맞고 예쁘긴 한데 너무 앙증맞고 예뻐서 이게 중년 남자의 거실에 어울리나 종종 고민하게 만든다.

최악의 쓸모없는 물건은 사진작가 테리 리처드슨 피규어다. 내가 이 피규어의 가격을 말하는 순간 부모님은 "이런 쓸모없는 놈!"이라며 소리를 내지를 게 틀림없다. 하지만 파리의 컬렉트숍 콜레트의 점원이 이렇게 말하는 순간 이미 나는 카드를 꺼내 들고 있었다.

"이건 한정판이고 마지막으로 남은 거야. 시간이 지나면 이베이에서 10배는 더 높은 가격에 되팔 수 있을걸?"

어느 날 나는 외롭게 거실에 앉아서 모든 쓸모없는 것들의 가격을 쓸모 있는 것들과 호기롭게 비교하기 시작했다. '도쿄에서 구입한 장식품들로는 근사한 소파를 구입할 수도 있었겠군. 베를린에서 구입한 사진집들로는 데스크톱을 장만할 수도 있었겠지. 파리에서 구입한 1920년대 아기 얼굴 마네킹으로는 저렴한 제습기 하나쯤은 살 수 있었을 테고. 테리 리처드슨 피규어? 몇 달 치 밥값은 충분했을 거야.' 맙소사. 스마트폰 계산기를 두들기던 나는 어떤 현현의 순간을 맞이하고야 말았다. 나는 이 모든 쓸모없는 것들을 사 모으느라 몇 달 치 월급을 낭비해온 것이다.

반성과 후회는 잠깐이었다. 이내 나는 극세사 천으로 테리 리처드슨의 얼굴을 닦으며 왠지 모를 희열에 휩싸였다. 그건 쓸모없는 것들이 주는 어떤 정신적 고양 덕분이었다. 물론 우리에게는 쓸모 있는 것들이 필요하다. 에어컨과 티브이와 냉장고와 식기세척기와 자동차가 필요하다. 하지만 쓸모 있는 것들로만 둘러싸인 삶이란 얼마나 냉정하고 차가운 것인가. 삶이란 게 원래 수많은 쓸모없는 것들과 몇몇 쓸모 있는 것들에 의해 굴러가는, 아주 쓸모없기도 하고 쓸모 있기도 한 것 아니던가?

우리 이제 낭만을 이야기합시다

비행기 내 앞자리에 타신
60대 어르신. 파란 리넨 재킷에
까르띠에 탱크를 차고 에르메스
가방을 들고 계신다. 아따 영감님
멋 좀 과하게 부리셨네, 라고
생각하다가 문득,
저거 혹시 내 60대의 모습일까
싶어 마음속으로 사과를 드렸다.

나는 왜 지방시를
태우지 못했는가

나는 브랜드 중독자다. 1980년대 중반은 브렌타노, 헌트, 언더우드 같은 이랜드 계열의 옷 가게들이 막 생겨나던 시절이었다. 나는 곧 죽어도 이 브랜드들의 옷만 입겠다고 선언을 했다. 더 어린 시절부터 김민제 아동복이니 부르뎅 아동복이니 하는 것만 입혔던 엄마 탓일 거다.

고등학교 시절에는 교복 바지 속에 몰래 게스 청바지를 입고 등교한 뒤 자율학습 시간이 되면 교복을 벗고 둔부의 물음표 표시를 자랑하며 교문 밖으로 달려나가곤 했다. 이 과반의 패셔니스타가 새로운 브랜드의 옷을 입고 온 날은 아직도 기억에 생생하다. 소식을 듣고 그놈 반으로 달려갔더니 신체의 가장 부끄러운 부위에 '중고'라고 영어로 쓰인 청바지를 입고 있었다. 1990년대 초 유행하고 사라진 수많은 브랜드 중 하나인 'GET USED'였다. 나 역시 그 바지를 사겠다며 백화점으로 달려갔다. 점원이 바짓단을 올리며 말했다.

"오빠야는 다리는 짧은데 잘 빠졌네!"

그럴 리가 있나. 여하튼 나는 이 브랜드 도착증을 벗어날 대책을 한 번 세워보고 싶었다. 브랜드를 사랑하긴 하지만 영원히 브랜드에 끌려다니며 살 수는 없었다. 그러자면 실험이 필요했다. 브랜드를 딱 열 개로 제한하고 하루라도 살아보자. 이게 가능이나 한 일일까?

일단은 내가 하루에 사용하는 브랜드의 수를 모두 세어보기로 했다. 카운트 시작. 아침에 일어나면 네스프레소 커피(1)를 마신다. 물은 에비앙(2). 오랄비 칫솔(3)에 센소다인 치약(4)을 짜서 이를 닦는다. 아비노 바디워시(5)로 샤워를 하고 아베다 샴푸(6)로 머리를 감는다. 이솝 세안제(7)로 세수를 하고 키엘 수분크림(8)을 바른다. 무인양품 수건(9)으로 머리를 말리고 갸스비 왁스(10)를 바르면 준비 끝이다. 이미 열 개다.

계속 세어보자. 아메리칸 어패럴 속옷(11), 유니클로 히트텍(12), 아크네 스웨트 셔츠(13), 꼼데가르송 바지(14), 라프 시몬스 장갑(15), 칼하트의 내피(16), 헬무트 랑 코트(17), 생로랑 가방(18), 메종 키츠네 스니커즈(19), 담배는 던힐(20)

이다. 회사에 도착하면 LG 컴퓨터(21)를 쓴다. 아이폰(22)과 마샬 헤드폰(23)도 빠뜨릴 수 없다.

이제 열심히 일하고 집으로 귀가. 택시 계산은 현대카드(24)로 한다. 잠자기 전엔 리스테린(25)으로 가글을 한다. 딥티크의 향초(26)를 잠깐 켠 뒤 세미콜론(27)에서 나온 책을 좀 읽다가 공기청정기 벤타(28)를 켜고 잠이 든다.

이게 끝이 아니다. 내가 사는 아파트도 브랜드다. 램프도 브랜드다. 나는 브랜드 속에서 살아가는 게 아니라 내 인생 자체가 브랜드인 셈이다.

하루에 브랜드를 열 개로 제한한다는 실험은 애초에 실패할 수밖에 없었다. 내 자신에게 짜증을 내야 했지만 짜증의 대상은 닐 부어맨이었다. 그는 《나는 왜 루이뷔통을 태웠는가?》라는 책을 쓴 런던의 전설적 된장남이다. 그는 브랜드 없는 삶을 살아보기로 하고 자기의 뜻을 알리기 위해 2006년 9월 17일 런던 도심의 광장에서 그간 사들인 브랜드 제품을 모조리 불태워버리는 퍼포먼스를 하고 이 책을 썼다.

그렇다면 이토록 대담하게 화형식을 한 닐 부어맨은 지금 어떻게 살고 있는 거지? 궁금해진 나머지 인터넷을 검색했다. 닐 부어맨에 대한 모든 정보는 2009년 즈음에서 멈췄다. 그 이후로 그는 글도 쓰지 않았고 책도 내지 않았다. 세상에서 사라져버렸다.

이쯤 되면 추론을 통한 결론은 뻔한 것이리라. 닐 부어맨은 그간 소유하던 모든 브랜드를 불태운 기록을 책으로 팔아 꽤 짭짤한 돈을 벌었을 것이다. 계속해서 브랜드 없는 소박한 삶을 살고 싶었겠지만, 수중에 수십만 파운드가 들어 있는 전직 된장남이 런던 명품가를 그냥 지나칠 순 없었으리라. 아마도 그는 지방시 매장 즈음에서 생각했겠지.

'저 아름다운 가방은 겨우 2천 파운드네, 내 계좌에는 책으로 번 10만 파운드가 들어 있고….'

그는 지방시 가방에 영혼과 명성을 팔고 이름도 바꾼 채 어디론가 잠적했을 것이다. 스페인의 작은 지방시에서 이름을 리카르도 부어메노로 바꾸고 오늘도 온갖 브랜드에 둘러싸여 행복하게 살고 있으리라.

오호라 이거 근사한데? 망상이 시작됐다. 그래. 이왕이면 닐 부어맨 같은 퍼포먼스를 벌인 다음 책을 써야겠어. 제목은 '나는 왜 지방시를 불태웠는가?'다. 책이 잘 팔려서 백만장자가 되면 몰래 제주도로 들어가 이름을 바꾸고 그간 사고 싶었으나 살 수 없던 고가의 브랜드를 마구 사대며 살아야지.

내 눈은 옷걸이에 걸려 있는 지방시의 브리프 케이스로

향했다. 지그시 눈을 감고 서울역 광장에서 가방을 태우는 상상을 했다. 가죽 타는 냄새가 내 영혼의 상상력을 불태우기 시작했다. 겁이 덜컥 났다. 차라리 내 몸을 불구덩이에 집어넣는 게 낫지.

대신 나는 내 브랜드 중독을 다룬 새로운 영화를 머릿속으로 기획하기 시작했다. 제목은 '혐오스러운 브랜드 중독자의 일생'이다. 첫 장면은 소방관들이 화재로 타버린 집에서 지방시 가방을 품에 꼭 안은 채 질색해 죽은 독거노인의 시신을 발견하는 것으로 시작된다. 진짜 걸작이 될 것이다.

신다 보니 좋았고,
좋다 보니 신었다

'시그니처(Signature)' 스타일이라는 게 있다. 좀 패션지스럽게 허세스러운 표현이라고 생각한다면 이걸 순수 한국말 표현으로 바꿔보자. 뭐가 있을까? 시그니처를 네이버 영어사전에서 찾았더니 '서명' 혹은 '특징'이라고 한다. 그렇다면 시그니처 스타일은 '서명 맵시?' 아니면 '특징 폼?' 그도 아니면 '특징적인 맵시?'

곤란하다. 그냥 시그니처 스타일은 시그니처 스타일이라고 하자. 나 역시 강경 한글 전용 정책 세대여서 외래어와 한자어를 멸종시키라는 교육을 받고 자랐지만 어떤 단어는 외래어와 한자어로 있을 때 맛이 사는 법이다. 어쨌든 시그니처 스타일은 시그니처 스타일이다. 그건 한 사람이 다른 사람과는 구별되는 자신만의 고유한 스타일을 갖고 있다는 의미다.

어렵게 생각할 필요 없다. 이세이 미야케의 터틀넥과 르노의 은테 안경만을 고집했던 스티브 잡스의 스타일이 바로 시그니처 스타일이었다. 평생 한 가지 종류의 슈트만을 입었다는 아인슈타인의 스타일 역시 시그니처 스타일이다. 어떤 특정 스타일을 떠올리면 바로 생각나는 사람이 있다고? 그게 바로 그의 시그니처 스타일이라는 소리다.

당신도 시그니처 스타일을 갖기 위해 옷장을 같은 옷으로만 가득 채우라는 이야기는 아니다. 시그니처 스타일은 단한 가지 아이템으로도 만들 수 있다.

샹송의 음유시인 세르주 갱스부르는 죽는 날까지 거의 한 종류의 구두만 신었다. 프랑스 회사 레페토에서 생산한 하얀색 슈즈 지지였다. 그가 레페토의 지지를 신게 된 것은 사랑 때문이었다. 그의 오랜 연인이었던 영국 배우 제인 버킨은 갱스부르와 가정을 이루고 살며 옷과 신발도 직접 골라주었다. 발이 유독 약했던 그가 불편하지 않게 신을 수 있는건 부드러운 소가죽으로 만든 레페토의 지지뿐이었다. 제인버킨은 "세르주는 발을 위한 장갑을 찾고 있었고, 레페토가딱 그런 신발이었죠"라고 말한 적도 있다.

세르주는 제인 버킨과 헤어진 이후에도 지지만을 신었다. 매년 30켤레를 주문해서 1991년 죽을 때까지 신었다. 그리고 레페토의 지지는 세르주 갱스부르를 떠올리면 함께 연상되는 시그니처 스타일이 됐다.

나의 시그니처 스타일은 세르주 갱스부르를 따라 한 건 아니지만, 하얀 스니커즈다. 내 신발장에는 거의 스무 켤레의 하얀 스니커즈가 있다. 그걸 나는 여름에도 신고 겨울에도 신고 슈트와도 신고 청바지에도 신는다. 사람들이 나를 생각하면 가장 먼저 하얀 스니커즈를 떠올릴 정도로, 나는 하얀 스니커즈만 신는다. 시그니처 스타일을 만들어보겠다고 억지로 신는 게 아니다. 신다 보니 좋았고, 좋다 보니 신었고, 그러다 보니 많이 신게 됐고, 많이 신다 보니 더 좋아졌다.

사실 중년의 나이에 완벽하게 새로운 스타일을 찾으려는 모험은 실패로 끝날 확률이 높다. 멋있는 남자는 멋있지만, 과도하게 '멋 부린' 남자는 조금 처절해 보인다. 가장 쉽고 간편하게 새로운 스타일을 찾고 싶다면 시그니처 스타일을 찾으시라. 그건 스니커즈 같은 한 가지 종류의 아이템으로도 얼마든지 만들 수 있다. 이를테면, 만약 당신이 코듀로이 재킷을 좋아해서 계속 사서 계속 입고 싶다면? 부끄러워 말고 계속 사 입으라. 결국 그건 사람들이 당신을 떠올리는 순간 함께 떠오르는 시그니처 스타일이 될 거다.

티셔츠는 캔버스다

티셔츠의 역사는 그리 오래되지 않았다. 19세기 말 속옷으로 만들어진 티셔츠가 겉옷으로 진화한 것은 제2차 세계대전 이후부터다. 전역한 군인들은 군복의 속옷으로 배급받았던 티셔츠를 고향에 돌아와서도 계속 입었다. 그러자 모두가 티셔츠를 속옷이 아니라 겉옷으로 입기 시작했다.

영화의 영향도 컸다. 말론 브랜도가 〈욕망이라는 이름의 전차〉에서 티셔츠를 입고 나온 것은 결정적이었다. 모두가 당대의 가장 섹시한 남자인 말론 브랜도처럼 되고 싶었고, 티셔츠는 모두가 사랑하는 기본적인 패션 아이템이 됐다.

티셔츠와 함께 패션을 통한 슬로건의 역사도 시작됐다. 티셔츠는 하얀 캔버스다. 거기에 어떤 문구를 쓸 수 있다는 생각은 누구나 했을 것이다. 티셔츠를 본격적으로 슬로건

우리 이제 낭만을 이야기합시다

의 역사와 결합한 사람은 디자이너 캐서린 햄넷이다. 그는 1984년 마거릿 대처를 만나면서 "영국인의 58퍼센트는 퍼싱미사일 배치에 반대한다"라는 반핵 메시지가 쓰인 티셔츠를 입고 심지어 함께 사진까지 찍었다. 그는 "티셔츠 문구는 먼 거리에선 읽을 수 없지만 한번 보면 잊을 수 없다"라고 말한 바 있다. 1980년대 이후 티셔츠는 특히 10~20대가 자신의 마음을 대변하는 문구를 담는 멋진 캔버스가 됐다.

논란도 종종 일어났다. 멜라니아 트럼프와 방탄소년단의 사례를 보자. 멜라니아는 티셔츠는 아니지만 "나는 신경 안 써, 너는?(I Really Don't Care, Do You?)"이라는 문구가 새겨진 재킷을 입고 멕시코 접경 지역의 이민자 아동 시설을 방문했다가 이민자 문제에 신경 쓰지 않는다는 의미냐며 역풍을 맞았다. 그는 결국 그 재킷을 입은 이유가 "나를 비판하는 사람들과 좌파 언론을 겨냥한 것"이었다고 언론에 설명했다.

방탄소년단의 멤버는 일본 나가사키 원폭 구름 사진과 '애국심', '해방' 등의 단어가 쓰인 티셔츠를 입었다가 논란을 불러일으켰다. 일본 방송 출연이 황급히 취소됐다. SNS에서 많은 논쟁이 벌어졌지만 이건 기억할 필요가 있다. 한국인 강제 징용자를 포함한 수십만 명을 신무기로 증발시키고 불태우고 고통받게 한 것은 휘발된 인류애의 상징이나 마찬가지다. 그것 때문에 출연을 취소한 일본 방송사의 결정을 두고 '전범 국가'의 행위를 알리는 일본의 자충수가 됐다고 해석하는 것은 과도하다.

다행히도 방탄소년단의 소속사는 "전쟁 및 원폭 등을 지지하지 않고, 이에 반대하며, 원폭 투하로 피해를 입으신 분들께 상처를 드릴 의도가 전혀 없었으며, 앞으로도 없을 것임을 분명히 밝힌다"라고 사과했다.

방탄소년단은 유엔 연설에서 "스피크 유어셀프(Speak yourself)"라고 말했다. 그걸 인용해서 "웨어 유어셀프(Wear yourself)"라고 되물을 수도 있을 것이다. 그래서 나는 요즘 티셔츠 하나를 직접 제작해서 입고 다닐까 생각 중이다. 문구는 "기사님 말 시키지 마세요"라거나 "저는 도에 관심이 없습니다" 중 무엇으로 할지 고민하고 있다. 조금 더 정치적인 슬로건이 필요하다면 "조속한 북핵 문제 타결" 정도의 얌전한 문구라면 어떨까 싶다. 사실 "조속한 연봉협상 타결"이 쓰인 티셔츠를 가장 입고 싶기는 하다만, 사내 정치를 바깥으로 내보여서야 되겠냐는 생각에 자중하련다.

100퍼센트의 면티를   찾는 법

여름은 패션 민주주의의 계절이다. 근사해 보이기 위해 꼭 값비싼 옷을 살 필요는 없다. 겨울은 다르다. 코트와 재킷 류는 비싼 데다가 슬프게도 비싼 물건이 값을 한다. 100퍼센트 캐시미어로 만든 코트는 드라이클리닝 두어 번에 보풀이 가득 일어나는 모직 코트로는 도저히 대항할 수가 없다. 비싸고 좋은 코트는 해가 갈수록 사람과 함께 멋지게 늙을 줄도 안다. 나는 여름이 좋다. 흰색 면티 한 장에 꼬깃꼬깃한 치노 바지를 걸어입고 선글라스만 껴도 근사한 외출복이 되는 계절이기 때문이다.

나의 여름맞이 연례행사는 100퍼센트의 면티를 찾는 것이다. 조건이 있다. 화려한 프린트나 타이포그래피 없는 흰색이어야 한다. 지나치게 번들거리지 않으면서 약간 거친 면의 맛이 나야 한다. 어깨는 잘 맞아야 하지만 지나치게 달라붙어서는 안 된다. 길이는 허리를 살짝 덮는 정도여야 한다. 목은 라운드거나, 브이 자로 아름답게 파이면서도 가슴골까지 내려가지는 말아야 한다. 이토록 까탈스러운 조건을 모두 충당하는 100퍼센트의 면티를 찾는 건 생각보다 힘들다. 아주 힘들다.

3년 전 나는 100퍼센트의 면티를 기적적으로 발견했다. 모두 세 장을 구입해 여름마다 입었다. 물론 면티는 3년이라는 세월을 견디지 못한다. 세 장 모두 보풀이 일어나고 색은 누렇게 바랬다. 나는 명동과 강남을 헤집고 다니며 100퍼센트의 면티를 찾아 헤맸다. 포기하려던 찰나 모든 조건에 들어맞는 면티를 겨우 발견했다. 속으로 만세를 불렀다. 흰색과 검은색으로 모두 여섯 장을 샀다. 겨울 코트 반 벌 가격이 나왔다. 계산대의 점원이 '이 인간은 일주일의 6일을 면티로 난 뒤 나머지 하루는 알몸으로 지내는 걸까?'라는 눈빛으로 재차 확인했다.

"여섯 장입니다. 모두 여섯 장 사시는 거 맞죠?"

집으로 돌아가는 길에 깨달았다. 100퍼센트의 면티를 찾는 건 100퍼센트의 연인을 찾는 것과 비슷한 일이었다. 10대와 20대엔 완벽한 핏이나 면의 질 따위는 상관없었다. 화

우리 이제 낭만을 이야기합시다

려한 프린트나 독특한 절개에 먼저 눈이 갔다. 사람도 그랬다. 그 시절 중요한 건 비슷한 취향이나 안목, 됨됨이가 아니었다. 듣기 좋은 목소리와 훌륭한 다리와 아름다운 눈이었다.

30대 중반을 지나치면서 면티와 사람을 고르는 방식도 변했다. 화려한 프린트에는 이제 혹하지 않는다. 내 몸과 마음에 딱 맞아떨어지는 질 좋은 흰색 면티를 고르듯 사람을 고른다. 오래 입을 수 있는 100퍼센트의 사람을 찾아 헤맨다. 이건 더 현명해졌다는 소리일까, 아니면 더 까탈스러워졌다는 소리일까.

문제는 100퍼센트의 면티를 찾는 것만큼이나 100퍼센트의 사람을 찾는 것도 점점 더 어려워진다는 사실이다. 나이가 들면 모든 것이 쉬워질 줄 알았다. 오해였다.

여자 옷을
샀다

여자 옷을 샀다. 아크네라는 스웨덴 브랜드의 코트다. 이 코트는 내가 가져본 가장 완벽한 핏을 자랑하는 코트다. 키가 작은 나에게도 완벽하게 떨어지는 드문 코트다. 그렇다. 나는 키가 겨우 165센티다. 지난 20여 년간 모든 프로필에 168센티라고 써왔으나 모조리 거짓말이다. 168센티는 《슬램덩크》의 조연 중 하나인 '슈퍼 가드' 송태섭의 키다. 고등학교 1학년 시절 《슬램덩크》를 보면서 가장 감정을 이입했던 캐릭터가 송태섭이었다. 다른 덩치들에 비해 키가 유독 작으면서도 작다는 강점을 이용해 멋지게 승부를 거는 모습이 눈시울이 붉어지도록 감동적이었다. 그래서 송태섭의 공식 키인 168센티를 내 키로 도입했다. 너무 웃지는 마시길 바란다. 작은 남자들은 작다는 사실을 아무렇지도 않게 받아들이는 데 시간이 꽤 걸리는 편이다.

우리 이제 낭만을 이야기합시다

165센티의 남자에게 딱 맞게 떨어지는 코트는 거의 없다. 무릎 아래까지 내려오는 길이는 어쩔 도리 없다. 문제는 소매의 길이와 어깨다. 몸에 한번 맞춰보겠다고 소매와 어깨를 수선하면 전체 길이는 긴데 소매만 유독 짧은 어줍이 모양새가 나온다. 170센티 중반대 이상의 키를 가진 남자들이 긴 코트에 묻히지 않고 바람에 옷깃을 펄럭이며 걸어가는 근사한 모양새는 거의 나오질 않는다. 그래서 나는 오랫동안 코트를 구입하지 않았다. 옷을 구입할 때 가장 중요한 건 핏이고, 제대로 된 핏이 나오지 않는다면 아예 구입하지 않는 것이 옳다고 생각했기 때문이다.

아크네의 코트를 만났을 땐 쾌재를 불렀다. 그런데 여기에는 비밀이 하나 있다. 내가 구입한 아크네의 코트는 여성용이다. 이 브랜드는 비슷한 코트를 약간 디자인을 다르게 변형한 다음 남자용은 남자 이름, 여자용은 여자 이름을 붙인다. 내가 산 코트의 이름은 '엘사'다. 〈겨울왕국〉의 그녀 이름이다. 남자용 코트는 '찰리'다. 나는 찰리라는 이름이 더 좋다. 하지만 찰리는 내 몸에 어울리지 않는다. 그래서 올겨울엔 엘사가 되기로 했다.

사실 여자 옷을 산 게 이번이 처음은 아니다. 나는 종종 편집매장이나 SPA 브랜드 매장의 여성 코너를 훑어보곤 한다. 패션에서 젠더의 차이란 점점 희미해지고 있으며, 어떤 면에서는 거의 사라진 것이나 마찬가지다. 이브 생로랑이 여성을 위한 턱시도 슈트를 만든 게 이미 반백 년 전 일이다.

치마와 브라를 제외한다면 여자의 옷 중에서 남자가 입을 수 없는 건 없다. 이미 여자들은 남자 옷을 즐겨 입고 있다. 내가 아는 많은 여자는 굳이 여성용 오버사이즈 코트를 사느니 각진 남자 코트를 구입해서 근사하게 오버사이즈로 소화해낸다.

이제는 남자들 차례다. 만약 당신이 키가 170센티가 되지 않는 남자라면 긴 코트를 휘날리는 동료들을 부러워할 필요 없다. 여성 매장의 옷을 눈여겨보시라. 당신 어깨에 딱 맞고 길이도 적당한, 완벽한 핏의 코트를 찾을 가능성이 매우 높다. 여성 매장에서 뭘 사는 게 부끄럽다면 입어본 다음 약간 겸연쩍게 행복한 미소를 지으며 "여자 친구 사주려고요. 허 허허…" 하고 웃으면 그만이다.

물론 구입에 성공한 이후에도 한 가지 더 짚고 넘어가야 할 벽이 있다. 여자용 코트는 단추가 남자용과 반대 방향이다. 하지만 누구도 당신 코트에 단추가 달린 방향 따위 신경 쓰지 않는다. 만약 눈썰미가 지나치게 좋은 데다 오지랖이 과도한 누군가가 "단추 방향이 반대네요? 지금 여자 옷 입으

우리 이제 낭만을 이야기합시다

신 거예요?"라고 묻는다면 이렇게 대답하라.

"전 왼손잡이여서 왼손잡이용 코트만 구입합니다. 그런 눈으로 쳐다보지 마, 난 아무것도 망치지 않아. 난 왼손잡이야."

스카프는   화려하고
당신은   용감하다

　스카프를 샀다. 이탈리아 남자 패션이라는 게 세상을 휩쓸기 시작하면서 스카프를 매는 남자가 늘어나기 시작했다. 스카프는 멋 좀 내고 싶은 남자들에게 꽤 유용한 아이템이다. 코트나 재킷 속에 그냥 축 늘어뜨려 매기만 해도 바깥으로 드러나는 센스가 엿보이니까 말이다. 게다가 스카프는 남자에게 허용되는 몇 안 되는 액세서리 중 하나다. 원래 불황에는 옷보다는 액세서리가 많이 팔린다. 옷을 새로 살 돈은 없으니 비교적 저렴한 액세서리라도 구입해서 스타일을 바꿔보려는 인간적 욕망 덕분이다.

　자, 여기까지는 매체들이 남자의 스카프에 대해서 일률적으로 하는 말들이다. 나도 오랫동안 이렇게 생각했다. 그래서 지난 몇 년간 줄기차게 스카프를 사 모았다. 기백만 원짜리 코트를 매년 새로 구입할 수도 없는 일이었다. 그래서 같

우리 이제 낭만을 이야기합시다

은 코트를 다르게 보이도록 만들 수 있는 스카프에 주력했다. 빨간 스카프, 파란 스카프, 줄무늬 스카프, 엄청나게 사들였다.

그 결과? 엄청나다. 옷방의 분위기가 완벽하게 달라졌다. 버라이어티해졌다. 옷장 문을 열면 빨갛고 파랗고 줄무늬가 화려한 스카프가 색채의 방점을 찍었다. 마치 먼셀의 색상표를 현실에 구현해놓은 것 같았다. 그게 너무 마음에 든 나머지 나는 시간이 날 때마다 옷방에 들어가서 시간을 보내곤 했다.

그런데 거대한 함정이 하나 있었다. 옷방의 분위기는 점점 다양해지는데 내 스타일은 달라진 게 별로 없었다. 사 모은 스카프들을 도저히 매고 다닐 수가 없었던 탓이다. 그러니까 그건, 내 마음속 깊은 곳에 숨어 있는 한국 남자가 가진, 스카프에 대한 묘한 저항감 때문이었다.

스카프란 머플러와는 또 다르다. 머플러가 둔탁하게 겨울의 바람을 막아주는 실용품에 가깝다면, 스카프는 패션 아이템에 좀 더 가깝다. 추위를 막는 기능보다는 지루한 옷차림에 약간의 색채와 생기를 더해주는 기능을 한다. 그래서 스카프는 머플러보다 화려하고, 프린트도 중성적이다.

그렇다. 화려하고 중성적이다. '함부로 매고 다니기 힘들다'는 이야기다. 스웨덴 브랜드 아워 레거시의 호랑이 무늬 스카프는 도저히 어디서도 맬 수가 없었다. 해외 출장을 가서 사 온 벨기에 디자이너 드리스 반 노튼의 100퍼센트 실크 스카프는 너무 하늘하늘한 나머지, 쇼윈도에 비친 내 모습을 보면 30년간 청담동에서 부티크를 해온 디자이너 선생님 같았다. 그게 나쁘다는 건 아니다만, 나는 스타일리시해 보이고 싶었지, 패셔너블해 보이고 싶지는 않았다. 패셔너블이라는 단어는 패션 빅팀과 종이 한 장 차이고, 전자에서 후자로 빠지는 건 순식간이다.

나는 집에 온 엄마에게 실크 스카프를 넘겼다. 대신 목은 조금 차갑게 유지하기로 했다. 혹은, 더 추워지는 순간 100퍼센트 울로 된 머플러를 매기로 했다. 하지만 이 글을 읽는 당신이 굳이 실크로 된 스카프를 매고 싶다고 해도 나는 말릴 생각이 없다. 그건 당신이 스타일 앞에서 충분히 용감하다는 소리니까. 용감한 사람은 어떤 경우에라도 존중받을 필요가 있다. 물론, 용감한 사람은 실패할 가능성도 높다. 나는 실패했었다. 당신은 성공하길 바란다.

우리는 매일매일 입는다. 그것은
패션이고 스타일이다. 그 행위는
정말이지 대단한 선구자들이
오랫동안 빚어 놓았고 지금도 빚고
있는 세계와 연결되고 결합한다.
거기에는 자본이 있고 계급이 있고
예술이 있다. 패션은 결코 가볍지
않다.

3부_쓸모와 쓸모없음 사이에서

평양의 니콜라스 케이지

요즘 게티나 로이터같은 국제 통신사들이 올리는 북한 사진들을 유심히 들여다보는 취미가 생겼다. 니콜라스 케이지 때문이다. 1990년대 전성기를 누리다 지금은 싸구려 B급 영화에나 간간이 출연하는 바로 그 배우 말이다. 한물간 할리우드 스타와 북한 사이에 무슨 관계가 있느냐고? 아니다. 케이지는 북한을 방문한 적이 없다. 북한 관련 영화에 출연한 적도 없다. 북한에 투자한 적 없다. 그와 한국의 관계는 이혼한 전 부인이 한국계 미국인이라는 사실 하나뿐이다. 그렇다면 왜 니콜라스 케이지인가.

쿠션을 샀다. 몇 달 전 미국 온라인 쇼핑몰 이베이에서 케이지가 그려진 쿠션 커버를 샀다. 이유는 그저 '웃겨서'였다. 나는 집을 온갖 웃긴 물건들로 꾸미는 것을 좋아한다. 케이지의 얼굴이 징그러울 정도로 꼼꼼하게 박힌 쿠션을 이베이

우리 이제 낭만을 이야기합시다

에서 보자마자 완전히 사랑에 빠지고 말았다. 이 지구의 누군가는 대체 왜 케이지 얼굴이 인쇄된 쿠션을 만들어야 한다고 생각한 걸까. 아마 그 이유는 그저 '웃겨서'일 것이다. 케이지는 확실히 할리우드 스타답지 않게 어수룩하고 어딘가 빈 듯한 매력이 있다.

그런데 시간이 아무리 지나도 물건이 오지 않았다. 기다리고 기다려도 케이지 쿠션은 경쾌한 택배 기사님의 "택배 왔어요!"라는 외침과 함께 집에 오질 않았다. 이베이에는 고객의 배송 불만을 처리하는 센터가 있다. 배송 문의를 했더니 일주일 만에 이런 대답이 왔다.

"저희도 문제를 발견했습니다. 주문하신 아이템이 북한으로 잘못 배송됐습니다. 저희가 다시 보내드려도 괜찮을까요? 배송비는 당연히 무료입니다."

영국의 이베이 판매자는 아마 헷갈렸을 것이다. 해외 직구를 해본 사람은 잘 알겠지만, Korea는 'North Korea'와 'South Korea'로 분류되지 않는다. 정확한 영어 국명인 'People's Republic of Korea'와 'Republic of Korea'로 분류된다. 나조차 종종 어떤 게 북한이고 남한인지 헷갈린다. 그러니 물건을 북한으로 보내버린 영국의 순진한 이베이 판매자를 비난할 자격이 도무지 없는 것이다.

3부_쓸모와 쓸모없음 사이에서

그렇다면 내 쿠션은 어디에 있을까. 몇 가지 가능성이 있을 것이다. 먼저, 쿠션은 북한으로 갔다가 검색대에 걸려 세관 창고에 보관됐을 수 있다. 둘째, 북한 세관 직원이 몰래 빼돌렸을 수 있다. 북한 주민들 역시 할리우드 영화를 불법으로 들여와 본다는데, 어쩌면 〈콘에어〉나 〈더 록〉을 불법 비디오로 보고 케이지의 팬이 된 세관 직원일지도 모른다. 셋째, 이건 좀 슬프다. 북한 세관은 평양에 사는 김도훈 씨 집을 급습해서 할리우드 스타의 얼굴이 그려진 쿠션을 제국적 자본주의 상거래 사이트에서 불법으로 사들인 죄로 구속했을 수도 있다. 쿠션이 평양으로 날아간 것은 남북 정상회담과 북미 정상회담이 열리기 전이니 충분히 가능한 일이다.

나로서는 제발 두 번째 가능성이 실현됐기를 바란다. 케이지의 은밀한 팬인 북한 세관 직원이 평양의 거실에 이 쿠션을 두고 은밀하게 애용해주기를 간절히 빈다. 혹은 평양의 김도훈 씨가 쿠션을 받아 행복하게 사용하기를 바란다. 종전이 선언되고 남북 민간 교류가 가능해지는 날, 나는 니콜라스 케이지 쿠션을 돌려받으러 평양을 방문할 생각이다.

신발을 샀다

신발을 샀다. 바닥 아래가 고무창으로 뒤덮인 조금 신기한 디자인의 스니커즈다. 아침 출근 전에 야상과 깔깔이를 입고 새 스니커즈를 신었다. 거울을 봤다. 영락없이 이십 대의 옷차림이다. 잠깐 고민했다. 이걸 보고 '젊은 척하려고 참말로 애쓴다'는 사람들의 소리 없는 반응이 갑자기 두려워졌다.

내 얼굴은 이제 영락없는 사십 대다. 더는 속일 수 없다. 주름은 늘었다. 흰머리도 하나씩 늘기 시작했다. 아재다. 깔깔이는 어차피 속에 입는 옷이다. 스니커즈도 누구나 신는 아디다스다. 거기에 야상을 입자 '젊어지려 몸부림치는 사십 대 아재룩'이 완성됐다. 야상을 벗었다. 그리고 옷장에서 황급히 단순한 디자인의 코트를 꺼냈다. 그걸 걸치자 나잇값 하는 옷차림이 완성됐다. 비로소 나는 안심을 하고 출근

길을 나섰다.

회사로 걸어가다가 갑자기 부아가 치밀어 올랐다. 아침 거울을 보며 자신을 채찍질했던 자기 검열에 화가 났다. 나는 대체 왜 입고 싶은 대로 옷을 입지 못하고 나이를 소환하며 옷차림을 검열한 걸까. 사십 대는 삼십 대처럼 입어서는 안 되는 것인가? 유럽에 갈 때마다 나이보다 스무 살은 어린 사람들이 입을 법한 옷을 입고 당당하게 길을 걷는 어르신들을 본다. 나 역시 그들처럼 젊게 입고 살고 싶다고 생각했다.

가만 생각해보니 사십 대가 되면서 더는 입지 않는 옷들이 늘어났다. 지나치게 화려한 무늬가 새겨진 스카잔은 옷장에 처박아둔 채 더 이상 꺼내지 않았다. 얼룩말 무늬의 스니커즈는 신발장에 장식품처럼 자리를 잡은 채 내 발에 다시는 신겨지지 않는다. 작년까지만 해도 굳건하게 썼던 스냅백 모자는 어디에 있는지 찾을 수도 없는 곳에 처박혔다. 그림이나 문구가 그려진 티셔츠는 기피 아이템이 됐다.

어느 순간 나는 검열을 하기 시작했다. 사십 대는 사십 대다운 옷을 입어야 한다는 강박감이 점점 커진 탓이다. 주변을 돌아보면 아재들은 아재답게 옷을 입있다. 좀 멋을 부리는 아재들은 멋을 부리는 아재답게 옷을 입었다.

나는 제대로 맞춘 슈트 한 벌 갖고 있지 않다. 꼼데가르송의 검은 블레이저가 가장 슈트에 가까운 옷이다. 종종 나는 회사 앞 흡연 구역에 우르르 몰려서 담배를 피우는 사십 대 남자들의 옷차림을 관찰한다. 슈트나 세미 정장을 입은 그들은 가끔 양말 색이나 넥타이로 멋을 부린다. 사십 대 아재의 멋은 미묘한 것에서나 부려야 한다는 어떤 원칙 같은 것이 있는 모양이다.

나는 이제 무엇을 입어야 하는가. 마치 대학을 갓 졸업하고 회사에 다니기 시작한 신입사원의 마음으로 나는 내 옷차림들을 점검하기 시작했다. 튀어 보이지 않을 것을 고민하기 시작했다. 그러자 나는 이 모든 것이 갑자기 피곤해졌다. 나이에 맞는 옷을 입는 것은 중요하다. 나이에 맞는 옷차림의 법칙을 고민하는 것도 중요하다. 어른의 옷은 분명히 존재한다. 나는 어른의 옷을 입을 나이가 됐다. 그러나 어른이란 무엇인가. 어른의 옷이란 무엇인가. 그것은 후디에 야상이어서는 안 되는 것일까.

집에 돌아온 나는 옷장을 뒤집었다. 그리고 사스콰치패브릭스라는 브랜드에서 구입한, 금색으로 화려하게 용이 수놓인 여름용 셔츠를 발견했다. 몇 년 전 여름에 구입한 뒤 두어 번을 입고 거의 버려둔 셔츠였다. 그걸 살짝 티셔츠 위에

223

입었다. 그리고 땅을 쳤다. 나는 이 값비싼 옷을 두 번 다시 입지 못할 것이다. 옷장을 비워야 할 때가 왔다. 그러나 야상과 후디는 아직 포기할 수 없다. 대신 스냅백 모자와는 결별해도 좋을 것이다. 그러나, 그럼에도, 어떤 것과도 결별하지 않고 젊게 보이려 기를 쓰는 늙은이로 늙어가는 것도 괜찮지 않을까 혹시?

우리 이제 낭만을 이야기합시다

안경을 샀다

안경을 샀다. 나는 눈이 좋다. 딱히 안경을 쓸 이유는 없는데도 안경을 종종 쓴다. 그러니까 나는 '패션 안경'을 쓰는 사람이다. 얼굴형에 잘 맞는 안경은 필사적으로 수집하는 취미도 있다. 이베이를 뒤져서 60~70년대 생산된 '아메리칸 옵티컬'사의 안경을 수집한다. 당신이 드라마 〈매드맨〉이나 〈싱글맨〉 같은 영화를 보면 남자들이 쓰고 나오는 매우 두꺼운 뿔테 안경 말이다.

나는 안경을 잘 잃어버린다. 눈이 좋기 때문이다. 안경을 쓰지 않아도 앞이 잘 보이는 탓에 꼭 카페 같은 곳에 놔둔 채로 나오고야 만다. 돌아가면 안경은 존재하지 않는다. 한국 사람들은 테이블 위에 누군가 올려둔 노트북은 가져가지 않으면서도 안경은 꼭 가져가 버린다. 뭐, 딱히 비싸지도 않아 보이는 데다가 몰래 가져가기 수월하기 때문일지도 모르겠다. 다 내 탓이다.

요즘 내가 가장 아끼는 안경은 톰 브라운이 생산한 안경이다. 얼굴이 작고 미간이 좁은 사람에게 어울리는 뿔테 안경이다. 이 안경을 인터넷 쇼핑몰에서 본 나는 동생에게 "넌 내 생일 선물을 한 번도 사준 적이 없지 않니?"라고 문자를 보냈다. 결국 이 안경을 뜯어냈다. 다만 아시아인의 코로는 도저히 받칠 수 없는 디자인의 안경이라 안경점에서 코 받침을 새로 만들어 붙였다. 이것도 언젠가는 잃어버릴 것이 틀림없다.

어느 날 나는 병원을 다녀왔다. 약을 타오면 언제나 인터넷으로 약의 이름과 성분을 검색해본다. 의사를 믿지 못해서가 아니라 일종의 버릇이다. 그런데 도무지 약 표면에 쓰인 글자를 읽을 수가 없었다. 눈을 가까이 가져다 댈수록 모든 것이 흐릿해졌다. 몇 달 전만 해도 이렇지 않았다. 아무리 깨알같이 쓴 글자라도 읽을 수 있었다. 당황스러웠다.

아이폰으로 사진을 찍어서 크게 확대했더니 그제야 약 위에 쓰인 알파벳이 보였다. 피곤해서 그런가? 피곤하면 눈이 침침해질 때가 있다. 그렇구나. 나는 피곤한 거구나. 나는 그냥 피곤한 것이었다. 나는 피곤했을 따름이다.

며칠 뒤 회의 시간이 됐다. 내가 일하는 직장은 온라인 미디어라 회의도 프린트한 종이가 아니라 '슬랙'이라는 업무용 메신저에 올라온 문서를 보고 진행한다. 글자가 보이지를 않았다. 아무리 뚫어지게 쳐다봐도 보이질 않았다.

"영국에서… 스… 감염…."

영국에서 의사가 감염됐다는 소린가? 아니면 영국에 으스스한 병균이 퍼졌다는 소린가. 화면을 확대했다. 영국에서 메르스 감염 환자가 나왔다는 소리였다. 내 눈은 피로한 것이 아니었다. 피곤한 것도 아니었다. 이건 아마도, 노안이었다.

나는 언제나 눈이 좋았다. 삼십 대 후반이 될 때까지 거의 1.0의 시력을 자랑했다. 부모님과 동생이 모두 안경을 쓰지만 나만 쓰지 않아도 되는 건 일종의 유전자 변형에 가까웠다. 나 자신을 '엑스맨'에 가까운 남자라고 여겼다. 어쩌면 몽골리안의 유전자가 나에게 좀 더 많기 때문일지도 모른다고도 생각해본 적이 있다. 거울을 잘 쳐다보면 쌍꺼풀 없는 눈이 어쩐지 몽골 유목민족의 유전자를 연상케 하니까 말이다. 그러니 갑자기 눈이 나빠진 것은 마치 영원히 계속되리라 여겼던 슈퍼파워가 사라진 거나 다름없었다.

인터넷을 뒤졌다.

"노안은 신체의 노화가 진행되면서 초점을 조절하는 능력이 떨어져 생기는 현상이다. 눈 속의 렌즈인 수정체를 둘러싸고 있는 모양체근이 수정체를 조절해 렌즈의 두께와 굴절력을 변화시켜 멀고 가까운 것의 초점을 맞추는데, 노화로 인해 수정체의 탄력이 떨어져 모양체근이 초점을 맞출 수 없어 가까운 것이 잘 보이지 않는…."

여기서 나는 좌절했다. "탄력이 떨어져"에서 가슴이 무너졌다. 얼굴 피부도 탄력이 떨어지고 엉덩이도 탄력이 떨어지고 근육도 탄력이 떨어졌는데 수정체마저 탄력이 떨어지다니. 나는 정말 착실하고 성실하게 늙어가고 있었다.

안경점에 안경을 가져갔다. 그리고 시력을 측정했다. 0.5가 나왔다. 그리 나쁜 건 아니라고 자위했다. 안경점 주인이 말했다.

"괜찮으신데, 먼 것은 잘 보이시는데 가까운 게 안 보이시면 아예 돋보기를 하나 하시는 건 어때요?"

나는 얼어붙었다. 돋보기라는 물건은 영화 속에서 나이가 지긋한 양반들이 주머니에 넣고 다니거나 목에 걸고 다니다가 "에잉 요즘 눈이 영 침침해"라는 대사를 치면서 남의 명함이나 부동산 문서를 보거나 할 때 쓰던 물건이 아니던가. 내 두뇌는 그의 제안을 받아들여야 한다고 말하지만 마음은 그의 제안을 받아들일 수가 없었다. 돋보기라는 물건을 내가 사용한다는 것은 이를테면, 영원히 젊음과는 멀어진다는 의미였다. 나는 꽤 차가운 말투로 이 한마디를 남기고 안경점을 나왔다.

"아닙니다."

만약 내 두뇌가 '인사이드 아웃'이라면 기쁨이, 슬픔이, 버럭이, 까칠이, 소심이의 뒤편 의자에 쭈그리고 앉아 있는 '늙음이'가 있을 것이다. 늙음이는 끝없이 경고한다.

"넌 기쁠 때도 슬플 때도 화날 때도 까칠할 때도 소심할 때도, 이젠 늙게 기쁘고 늙게 슬프고 늙게 화나고 늙게 까칠하고 늙게 소심할 것이다."

나는 머리를 탁 쳤다. 그리고 늙음이에게 경고했다.

"아직은 올 때가 아니다. 아직은 올 때가 아니다. 아직은 아니다."

나는 모카포트를
포기하고야   말았다

에스프레소 머신을 샀다. 이건 나에게는 놀라운 변화다. 나는 언제나 모카포트를 사용했다. 모카포트의 사용법은 정말 간단하다. 대개 알루미늄으로 된 모카포트에 곱게 간 원두와 물을 넣고 가스레인지 위에서 가열하면 물이 끓으면서 올라오는 증기가 원두를 통과하며 에스프레소를 추출한다. 필요한 건 오로지 모카포트, 원두, 물뿐이다. 이탈리아 가정의 90퍼센트가 이 놀랍도록 간단한 기구를 가지고 있다. 그럴 법도 하다. 내 보기에 모카포트처럼 공을 덜 들이고도 맛있는 커피를 만들 수 있는 기구는 없을 것이다.

한때는 모카포트를 미친 듯이 사 모았다. 표면이 주황색으로 된 모카포트를 이베이로 구입했을 때는 증기처럼 넘치는 희열로 소리를 지르고 싶을 정도였다. 베를린에 가면 베를린에서 생산한 모카포트를 샀다. 일본에 가면 굳이 모카포트를 파는 가게를 들렀다. 도자기 재질로 된 모카포트는 알루미늄만큼 맛이 좋은 것 같지는 않지만, 수집광에게는 안성맞춤이었다. 가격이 부담스럽지 않으니 사고 또 사도 죄책감은 없었다. 일어나자마자 찬장을 열어 '오늘은 어떤 포트로 커피를 만들까'를 고민하면 소박하면서도 꽤 호사스러운 기분이 들었다.

소박하고 호사스러운 사치는 이제 없다. 나는 이제 모카 포트로 커피를 만들지 않는다. 문제가 있냐고? 그렇다. 큰 문제가 생겼다. 직장을 옮기자 아침 출근 시간이 빨라졌다. 아침잠이 많은 나에게 이건 엄청난 생활의 변화를 의미했다. 일어나서 원두를 갈아 모카포트에 넣고 가스레인지에서 끓이는 시간마저도 허용되지 않았다.

우울하지만 어쩔 도리 없었다. 새 직장은 마음에 들었고, 그보다 더 중요하게는, 연봉도 더 높았으니까 아침에 모카 포트로 커피를 끓이지 못한다는 이유로 불평을 할 수는 없었다. 나는 그런 걸 불평하기에는 나이가 너무 많고, 새 직장의 연봉으로 사고 싶은 것도 너무 많은 사람이었다.

대신 나는 에스프레소 머신을 소유한 대부분의 한국 가정이 사용하는 바로 그 에스프레소 머신을 샀다. 캡슐 머신이다. 기적적으로 편했다. 캡슐을 넣고 버튼을 누르기만 하면

크레마가 가득한 에스프레소가 만들어졌다. 캡슐 종류도 많았다. 매번 스페셜 에디션이 나올 때마다 새 스니커즈를 사듯이 캡슐을 샀다. 향도 다르고 맛도 달랐다. 하지만 편한 건 그만큼 재미가 없게 마련이다. 매일 아침 곱게 간 원두를 직접 덜어서 모카포트에 넣어서 끓이는 것과는 다르다는 이야기다.

하지만 모카포트보다 더욱더 갖고 싶은 건 커피 전문점에 있는 에스프레소 머신이다. 비싸고 무겁고 거대하고, 또 소유한 사람의 기술에 따라서 맛이 확연히 달라지는 커피를 만드는 머신 말이다.

본격적으로 에스프레소 머신을 갖는 꿈을 꾸게 된 건 영화 〈그린 호넷〉 때문이다. 오래된 미국 TV 시리즈를 영화로 만든 미셸 공드리의 이 허허실실한 액션 영화는 세스 로건이 연기하는 미디어 재벌의 외아들 브릿 레이드와, 주걸륜이 연기하는 천재적인 회사 직원 카이토가 밤의 슈퍼히어로로 재탄생한다는 이야기다. 어쩌면 나는 이 영화를 미셸 공드리의 가장 바보 같은 영화로 결론 내릴 수밖에 없을 것 같다. 하지만 한 장면은 기가 막혔다. 그건 모든 기계를 능숙하게 다루는 카이토가 자가 에스프레소 머신으로 커피를 내려 마시는 장면이었다.

카이토는 원래 레이드 아버지의 일을 돕던 기계공이다. 말이 기계공이지 손으로 만들 수 없는 것이 거의 없는 천재이자, 심지어 온몸이 무기나 마찬가지인 무술가다. 레이드는 어느 날 갑자기 카이토를 해고해버린다. 그러나 그를 해고하자마자 커피 맛이 너무나 끔찍해진 것을 발견하고는 다시 카이토를 불러들인다. 카이토는 직접 만든 자가 에스프레소 머신으로 기가 막힌 커피를 만들 줄 아는 커피 숙련공이기도 했다. 레이드는 오로지 커피 맛 때문에 카이토를 포기하지 못하고 재고용한다.

나는 그 장면에서 무릎을 탁 쳤다. 옳다. 우리는 수많은 이유로 수많은 사람들과 갈라설 수 있다. 하지만 세상에서 가장 맛있는 커피를 만드는 사람을 그냥 내칠 수는 없다. 이걸 확장하자면, 나는 이렇게 말도 안 되는 주장을 할 수도 있다. 성격이 맞지 않는 연인보다도 커피를 잘 만드는 연인과의 이별 앞에서 더 절망하게 될 거라고 말이다.

언젠가는 카이토처럼 나만의 에스프레소 머신을 직접 설계해서 만들고 싶다. 그게 불가능하다면 에스프레소 머신을 사서 커스터마이징이라도 할 생각이다. 이미 디자인도 머릿속에서 다 완성해뒀다. 은색 스테인리스로 번쩍이는 본체의 일부분은 내가 좋아하는 회색으로 감쌀 것이다. 이름은 '커

피커피룸룸'이다. 당신이 〈모래 요정 바람돌이〉를 모르는 나
이라면 이 괴상한 이름은 전혀 이해할 수 없을 테지만.

커피와 담배는

한때는   커플이었다

나는 흡연자다. 이렇게 말하면 어쩜 아직도 담배를 피우는 데다가 그걸 글로 쓸 생각까지 하느냐는 항의가 있을 지도 모르겠다. 어쩌겠는가. 나는 담배를 끊지 못했다. 아니, 솔직히 말하자면 끊을 생각이 없다. 나는 21세기에 희미하게나마 생존한 채로 남의 눈을 피해 값비싼 담배를 꺼내 물고 들키지 않으려 애를 쓰며 니코틴과 타르를 들이마시는 희귀한 종족, 애연가다.

애연가에게 꼭 필요한 것이 담배만은 아니다. 애연가들은 담배에 불을 붙이는 순간 커피를 떠올린다. 아침에 첫 커피를 내리는 순간 담배를 떠올린다. 이를테면 미국 드라마 〈섹스 앤 더 시티〉의 주인공 캐리 브래드쇼처럼 말이다.

한 에피소드에서 그녀는 흡연자를 증오하는 남자와 데이

트를 한다. 모든 것은 준비됐다. 어깨에는 니코틴 패치를 붙였고, 껌도 준비했다. 데이트는 별 탈 없이 흘러간다. 하지만 남자가 하나의 문장을 입에서 꺼내는 순간 모든 것이 무너진다.

"우리 커피나 마시러 갈까요?"

캐리는 커피라는 단어를 듣자마자 담배를 떠올린다. 입술이 타는 듯한 고통으로 니코틴을 갈구한다. 혓바닥이 마르는 고통으로 타르를 염원한다. 캐리 브래드쇼는 갑자기 데이트를 마쳐야겠다며 카페 밖으로 달려나간다. 그리고 핸드백에 숨겨뒀던 담배 한 개비를 꺼낸다. 그러나 담배는 구정물이 흥건한 바닥에 떨어진다. 달려 나온 남자는 그 모습을 본다. 그렇다. 데이트는 망한 것이다. 완전히 끝나버린 것이다. 겨우 담배 한 대를 참지 못해 꿈에 그리던 남자와의 데이트를 망치는 일이 가능하냐고 묻는다면, 나는 모든 애연가의 대표로 말할 수 있다. 그렇다. 그럴 수 있다. 가능한 일이다.

〈섹스 앤 더 시티〉가 커피와 담배의 궁합 앞에서 무너지는 여인의 슬픔을 하나의 에피소드에 담아내 애연가들의 가슴을 울렸다면, 아예 이 절묘한 궁합을 예찬하기 위한 목적으로 만들어진 영화도 있다. 짐 자무시 감독의 〈커피와 담배〉다. 그가 17년에 걸쳐서 완성한 단편 모음인 〈커피와 담배〉는 모두 11편의 흑백 단편들로 구성됐다. 특별한 사건도, 중요한 이야기도 없다. 실명을 그대로 쓰는 수많은 등장인물들(이기 팝이나 톰 웨이츠 같은 가수는 물론 케이트 블란쳇에 이른다)이 오래고 낡은 커피집에 앉아서 소소한 대화를 하는 모습들이 끝없이 흘러갈 따름이다. 물론 그 느슨한 단편들을 이어주는 건 당연히 제목처럼 '커피' 그리고 '담배'다.

영화를 여는 첫 번째 단편 '자네 여기 웬일인가?'에서 로베르토 베니니는 어색한 첫 만남을 커피와 담배로 극복한다. 정말 일리 있는 이야기다. 나 역시 새로운 사람과 처음 만날 때는 꼭 커피와 담배가 앞에 놓여 있어야 한다. 커피는 이야기를 이어가게 해주고, 담배는 둘 사이의 대화가 어색하게 중단되는 순간의 짧은 도피처가 되어주니까.

더 재미있는 건 '담배는 해로워'라는 에피소드다. 담배를 제발 좀 그만 피우라는 친구와 싫다는 친구의 싸움은, 담배가 어쩌면 우정과 사랑을 이어주는 가교일지도 모른다는 걸 암시한다. 당신이 담배를 증오하는 사람이라면 그런 건 말도 안 된다고 불평할지도 모르겠다.

어쨌든 〈커피와 담배〉는 커피와 담배가 버락 오바마와 미셸 오바마처럼 떨어질 수 없는 커플이라고 생각하는 세상의 모든 족속을 위한 예찬이다. 우리 애연가들에게도 이런 맹목적인 영화가 하나 정도는 필요하지 않겠는가 말이다.

이제 당신은 미국에 가더라도 짐 자무시와 친구들이 느릿느릿한 태도로 담배를 피우고 커피를 마시며 인생을 이야기하는 카페를 찾을 수 없을 것이다. 미국의 모든 실내 카페들은 이미 금연 구역으로 지정됐다. 물론 한국과 달리 당신은 카페 바깥의 파티오에서 담배를 피울 순 있을 것이다. 하지만 옛날 같지는 않다. 그게 슬프냐고? 애연가에게는 슬픈 일이다. 하지만 담배 연기 때문에 커피를 즐길 수 없는 사람들을 위해서라면, 나는 얼마든지 실내 흡연의 권리를 포기할 수 있다.

하지만 나는 종종 아주 오래전 내가 사랑하던 카페들을 떠올리곤 한다. 베를린의 영화광들이 모이던 작은 카페에서 담배를 뻑뻑 피워대며 나눴던 이야기를 기억한다. 뉴욕의 작은 카페에서 맞담배를 피우며 나누던 눈빛과 짧은 키스도 기억한다. 그 키스는 말보로 맛이 났다. 조금도 역하다는 생각을 하지 않았던 건 내가 흡연자였기 때문만은 아니었을 것이다.

나이가 들면 감추는 게
많아진다는데 나는 어째 나이가
들수록 글을 쓸 때 더 솔직하게
까발려버리고야 만다. 누군가는
지나치게 솔직한 것이 독이 된다고
하지만 나는 솔직함을 믿는다.

비행기에서 마시는
신의 물방울

비행기에서 마시는 커피는 대체로 끔찍하다. 일단 맛이 없다. 당신이 커피를 정말로 사랑한다면 첫 비행에서 마신 첫 커피의 맛을 절대 잊지 못할 것이라 확신한다. 물론 나도 안다. 비행기에서 커피 전문점의 진한 에스프레소 같은 것을 기대해서는 안 된다는 걸 말이다. 하지만 내가 집에서 대충 커피 메이커로 뽑은 연한 아메리카노 맛 정도는 나야 마땅하다. 비행기 커피는 대개 그렇지 않다. 커피 맛을 흉내 낸 일종의 인공감미료를 탄 숭늉 같은 맛이라고 해도 좋겠다.

몇 년 전에는 항공기에서 마시는 물과 커피가 안전하지 않다는 소문이 인터넷 뉴스를 타고 돌았다. 비행기 물탱크에는 박테리아와 미생물이 자라지 못하게 하기 위해 여러 가지 화학약품을 첨가하기 때문에 캔에 들어 있는 음료수만 마시라는 뉴스였다. 이 뉴스에 대해 전직 국제선 승무원 출

우리 이제 낭만을 이야기합시다

신은 이렇게 해명한 바 있다.

"항공기 식수 탱크는 청소를 자주 하지 않을 수도 있습니다. 하지만 탱크에는 그날그날 마실 수 있는 물만 넣습니다. 맛있는 커피를 만들 수 있는 물은 아니지만 안전하지 않은 물은 아닙니다."

그렇다. 안전하지 않은 물은 아니다. 안심하라. 다만, 맛있는 커피를 만들 수 있는 물은 아닐 뿐이다.

그런데 나는 좋은 물과 커피의 상관관계가 어떤지는 판단할 능력이 없다. 커피는 물맛이 중요한가? 나는 삼다수로 끓인 커피와 에비앙으로 끓인 커피 맛을 구분할 수 있다고 주장할 만큼 대담한 거짓말쟁이는 아니다. 만약 내가 그런 소리를 한다면, 그건 내가 보르도 지역과 부르고뉴 지역에서 나온 와인의 맛을 눈을 감고도 구분할 수 있다고 우기는 것과 마찬가지인 소리가 될 것이다.

다만 우리 모두 동의할 수 있는 사실 한 가지는 있다. 비행기에서 서비스하는 커피가 대체로 맛대가리라고는 없다는 사실 말이다. 우리의 혀는 절대적인 미각을 타고나지 않는다. 대신, 우리에게는 상대적인 미각이라는 능력이 있다. 엄마 김치와 홍진경 김치 맛이 다르다는 걸 파악할 수 있는 정도의 사람이라면 이게 무슨 소리인지 이해가 갈 것이다.

얼마 전 나는 독일 쾰른에서 이탈리아 밀라노로 가는 알 이탈리아 항공을 탔다. 처음으로 탄 이탈리아 국적기였다. 가슴이 뛰기 시작했다. 이탈리아는 커피가 맛있기로 유명한 나라다. 내가 아는 이탈리아 남자는 "프랑스 사람들은 커피가 뭔지 몰라"라며 파리 카페들의 커피 맛을 혹독하게 비판했는데, 파리의 커피도 꽤 괜찮다고 생각하는 나로서는 놀라서 입을 다물 수가 없을 지경이었다. 그래? 이탈리아가 그렇게 커피를 잘 만들어? 그리고 기회가 찾아왔다. 이탈리아가 그렇게 커피를 잘 만든다면 비행기 커피 맛도 뭔가가 달라야만 했다.

승무원이 커피를 내 자리로 갖다 주자 나는 거의 태어나서 처음으로 송로버섯 요리를 받아 든 미식가처럼 흥분 상태가 됐다. 설탕은 넣지 않았다. 향을 스윽 음미한 뒤, 살짝 혀로 머금었다. 목으로 삼켰다. 그 맛은 놀라웠다. 똑같았다. 대항항공 커피도, 에어프랑스 커피도, 브리티시 에어웨이 커피도, 알 이탈리아 커피도, 똑같았다. 마치 아프리카 어딘가에는 '에어 커피'라 불리는 품종이 따로 있어서, 전 세계 모든 항공사가 그 품종 원두만으로 커피를 만드는 것이기라도 한 것처럼, 똑같았다.

하지만 나는 그 커피를 모조리 다 마시고 또 커피 한 잔을 부탁했다. 인생은 인생이고 커피는 커피다. 어쨌거나 비행기의 작은 좌석에 앉아 조그마한 온화함이라도 찾으려는 나에게 커피 한 잔은 정말이지 중요한 사치다.

내가 인생의 코미디 영화 중 한 편으로 꼽는 〈에어플레인 2〉에서도 항공 여행에서 커피가 얼마나 중요한지를 증명하는 장면이 나온다. 영화 속에서 비행기는 곧 추락할 예정이다. 승무원은 승객들에게 알린다.

"차분하게 제 이야기를 들어주세요. 아직 도착지까지는 한참 남았습니다. 하지만 비행기는 운석을 맞았고, 운항 시스템도 고장 나서 항로도 변경 불가입니다."

그런데 한 승객이 일어나서 외친다.

"승무원! 당신 우리에게 진실을 다 말한 거요?"

승무원은 답한다.

"아니요. 사실 저희는… 커피가 다 떨어졌습니다."

그러자 운석과 고장에도 개의치 않던 승객들이 광분하며 날뛰기 시작한다.

그렇다. 비행기 커피는 맛이 없다. 하지만 맛없는 커피조차 없는 12시간의 비행은 상상조차 할 수 없다. 커피는 불쾌한 냄새로 가득한 비행기 속에서 유일하게 우리의 몸을 휘감는 향수이자, 맛대가리 없는 기내식을 먹고 난 입을 씻을 수 있는 구강청결제이자, 지루한 기내 영화를 보는 와중에 잠시 머리를 식히는 진통제다. 이 글을 읽고 나면 당신 역시 맛대가리 없는 비행기 커피를 좀 더 너그러운 마음으로 마시게 될 거다. 참고로, 이 글은 전 세계 항공사에 커피 원두를 제공하는 익명의 회사로부터 아무런 대가도 받지 않았음을 밝힌다. 정말이다.

우리 이제 낭만을 이야기합시다

마지막　　　　음식

누군가 물었다.

"죽는 순간에 마지막으로 먹고 싶은 음식이 뭐야?"

내 머릿속은 즉각적으로 돌아가기 시작했다. 내가 가장 좋아하는 음식이 무엇이던가. 나는 바게트에 브리 치즈만 끼운 샌드위치를 미치도록 좋아한다. 바삭거리는 바게트의 식감과 브리 치즈의 살짝 쉰내 나는 달콤함은 궁합이 좋다.

나는 칼국수도 좋아한다. 특히 큼지막한 바지락을 많이 넣어 진하게 끓인 바지락 칼국수를 좋아한다. 부산식으로 멸치 육수를 낸 칼국수도 좋다. 하여간 칼국수라면 도저히 실패할 수 없는 메뉴다.

가만 생각해보니 내가 먹은 가장 맛있는 음식은 모스크바에서였다. 두 달을 러시아 친구 집에 살면서 나는 보르시치를 환장하며 먹었다. 보르시치는 고기와 토마토 등으로 끓여낸 맑은 국물 위에 사워크림을 얹어서 먹는 러시아식 수프다. 도무지 질리지가 않았다. 한국에 돌아와서는 동대문역 근처의 러시아 타운으로 가서 이 보르시치를 먹곤 했다. 모스크바에서 먹은 그 맛은 아니었지만, 충분히 혓바닥 위 추억을 달랠 만은 했다.

그러나 맛있는 음식과 죽기 직전에 먹고 싶은 음식은 다르다. 죽기 직전에 먹는 음식이라는 건 이를테면 사형수에게 주어진 마지막 식사 같은 것이다. 그것은 맛있어야 한다기보다는 어떤 추억을 소환하는 음식이어야 한다. 그런데 나에게 음식에 얽힌 추억이 있던가. 엄마가 만들어준 갈비탕 같은 것이 떠오른다. 엄마는 갈비탕을 잘한다. 동생은 "이걸로 음식점을 내면 대박이 날 것"이라고 말할 정도로 진하고 진하고 진한 갈비탕이다. 그러나 나는 엄마의 음식보다는 내가 가장 잘하는 음식을 떠올렸다. 기름이 많이 붙은 돼지고기 목살을 넣은 김치찌개다.

나는 김치찌개를 수도 없이 먹었다. 그건 내가 잘할 줄 아는 요리가 그리 많지 않기 때문이기도 하다. 엄마가 해주는 요리만 먹느라 제대로 요리도 못하는 남자라고 섣불리 판단하지는 말아달라. 나는 요리를 곧잘 한다. 요리라는 것은 좋은 재료와 양념에 약간의 부지런함을 첨가하면 되는 일이다. 그럼에도 나는 시간이 나는 주말에는 꼭 김치찌개를 해 먹는다. 흐무러진 김치와 돼지비계를 오랜 시간 보글보글 끓이면 올라오는 국물의 맛이란 말이지, 그걸 따라올 수 있는 것은 세상에 똠얌꿍 정도밖에 없을 것이다.

상상했다. 병원에 누워 있는 나에게 간호사가 권한다.
"마지막 음식으로 무엇을 먹고 싶으세요?"
나는 답한다.
"돼지목살을 가득 넣은 김치찌개가 먹고 싶어요. 단 비곗덩어리를 많이 넣어서 국물을 걸쭉하게 내주셔야 합니다. 김치는 꼭 해산물을 잔뜩 집어넣어 쿰쿰한 맛이 나는 경상도식 김치로 해주시고요, 두부나 파는 넣지 말아주세요. 걸리적거리니까요."
간호사는 이렇게 답할 것이다.
"명이 오늘내일하는 건 알겠지만 병원에서 그런 걸 준비할 수 있을 리가 없죠."
나는 답할 것이다.
"제가 직접 끓일 테니 부르스타나 준비해주십쇼."

그러니 나는 내일 죽는다면 오늘 김치찌개를 끓일 것이다. 김치와 돼지고기를 갓 지은 밥 위에 올려서 푸지게 먹을 것이다. 누구는 죽고 싶지만 떡볶이는 먹어야겠다고 했다. 나는 죽고 싶더라도 김치찌개를 먹어야겠다. 누군가가 끓여 주는 김치찌개가 아니라 내 손으로 김치를 썰고 돼지고기를 참기름에 볶은 뒤 육수를 붓고 끓여서 먹는, 자의적 김치찌 개를 먹어야겠다. 그건 아마도 천국으로 가기 못내 아쉬운 채로 하는 마지막 식사가 될지도 모를 일이다.

물은   물이고
라면은   라면이다

아침에 일어나자마자 푸드 플라이를 켰다. 모든 점포가 '준비 중'이다. 30분을 더 기다렸다. 여전히 모든 점포가 '준비 중'이다. 나는 배가 고프다. 하지만 음식을 직접 해 먹을 어떠한 의욕도 생기질 않았다. 냉장고를 열어보니 요거트가 있다. 이것도 밥이려니 냉큼 목으로 삼켰다. 갈증은 해결됐지만 밥은 아니다.

요리라는 것은 에너지를 요구하는 작업이다. 나는 반찬을 딱히 좋아하지 않는다. 햇반을 데운 다음 볶음 요리를 하나쯤 하거나 찌개를 끓여서 밥과 먹는다. 대개 쉬운 요리들이다. 시금치나 아스파라거스 등을 버터에 볶다가 간장으로 살짝 간을 한다. 혹은 질 좋은 고기를 소금만 살짝 뿌려서 굽는다. 그걸 밥 위에 올리면 제법 먹을 만한 덮밥이 된다.

대신 내가 고민하는 건 테이블 세팅이다. 사실 세팅이라고 말할 것도 없다. 지금까지 모아둔 고운 식기에 요리를 얹는 것이다. 그러고는 사진을 찍는다. 각도와 빛에 따라 꽤 근사한 사진이 나오곤 한다. 사진을 인스타그램에 올린다. 오호라. 이것 봐라. 이거 제법 근사한데? 혼잣말을 한다. 댓글이 달린다. 요리를 잘하시나 봐요. 아니다. 이건 사기다. 대부분의 인스타그램 사진들이 그러하듯이 말이다.

근래에는 아예 요리를 하지 않는다. 그럴 만한 기력이 생기질 않은 탓도 있다. 요리에 쏟는 에너지를 도무지 감당할 수 없는 날들이 계속된 탓도 있다. 그래서 나는 푸드 플라이를 켠다. 우버이츠를 켠다. 배민 라이더스를 켠다. 세상의 모든 요리가 다 있다. 하지만 1인을 위한 메뉴는 없다. 대개의 음식 배송 서비스들은 한 번 주문할 때 지켜야 할 적정 가격이 있다. 그래서 메뉴를 시킬 땐 2~3인분을 시키고야 만다. 남는 건 냉장고 안으로 들어간 뒤 몇 주가 숙성되어 좋은 비료가 된다. 이거, 농사를 지어야 하나.

오늘은 무엇을 먹을 것인가. 냉장고를 뒤졌다. 고기가 있다. 꽤 질이 좋은 고기다. 그러나 아침에 고기를 굽는 행위는 에너지가 한층 더 소요된다. 게다가 외출을 하지 않기로 결심한 날에 먹은 소고기는 도무지 소화가 되지 않고 위와 장을 부글부글 끓어오르게 만든다. 하지만 역시, 냉장고에는

우리 이제 낭만을 이야기합시다

고기밖에 없다. 구울 것인가, 말 것인가. 그걸 고민하다가 그냥 라면을 끓이기로 했다. 대신 라면에 질 좋은 소고기를 투척하기로 했다. 그렇다면 그건 그냥 라면이 아니라 소고기 라면이다. 그것도 구이용으로 구입한 끝내주는 등심을 넣은 소고기 라면 말이다.

한국인들은 라면에 뭐든 넣는다. 오징어를 넣는다. 고기를 넣는다. 심지어는 값비싼 랍스터까지 라면에 넣는다. 그렇게 끓여서 국물을 내봐야 결국 라면의 스프가 모든 맛을 가려버린다. 그럼에도 한국인들은 라면에 온갖 비싼 식재료들을 넣는다. 그러고는 최면을 건다. 이것은 라면이 아니라 등심 요리다. 이것은 라면이 아니라 랍스터 요리다. 이것은 라면이 아니라 대하 요리다. 그러나 그것은 랍스터 요리도 대하 요리도 소고기 요리도 아니다. 결국은 라면이다.

어쨌거나 나는 라면을 끓였다. 그리고 질 좋은 등심을 투척했다. 지방질이 있는 고기를 씹을 때 나는 미슐랭 스타 식당이 부럽지 않았다. 그러나 국물을 후루룩 마시면서는 20대 자취 생활의 궁핍함이 떠올랐다. 내가 무슨 짓을 한 거지? 그 등심은 좋은 등심이었다. 결코 라면에 넣어서는 안 되는 등심이었다. 이건 마치 나의 지난 관계들 같았다.

친구나 연인과의 관계가 힘들고 복잡해질 때마다 나는 그

관계에 등심을 넣고 대하를 넣고 랍스터를 넣었다. 어떻게
든 일상적인 국물 맛을 살려보고자 안간힘을 썼다. 통하지
않았다. 무엇을 넣어도 멀어지는 관계는 멀어졌다. 식고 불
은 라면처럼 관계도 결국 인스턴트로 끝이 났다. 결국 산은
산이고 물은 물이고 라면은 라면이었다. 그랬다.

4부

옳음과

현실

사이에서

우리에게는
더 많은   백플립이 필요하다

모두가 프로야구에 빠져 있던 시대였다. 동네 아이들은 MBC 청룡이나 롯데 자이언츠 유니폼을 입고 아빠를 따라 야구를 보러 다녔다. 나는 도무지 야구라는 스포츠를 이해할 수 없었다. 가죽을 덧대 만든 무거운 공을 나무를 깎아서 만든 방망이로 치는 것에 대체 어떤 카타르시스가 있는지 이해되질 않았다.

선생들은 남자아이라면 응당 야구를 좋아해야 한다고 믿었다. 체육 시간은 언제나 야구 아니면 축구였다. 어쩔 도리 없이 차례가 돌아왔다. 공이 날아오면 눈을 감았다. 방망이를 휘둘러야 할 때도 눈을 감았다. 애들이 웃었다.

내가 서 있고 싶었던 곳은 마운드가 아니라 아이스링크였다. 내 영웅은 최동원이 아니라 동독 피겨스케이터인 카타리나 비트였다. 그 이야기를 하면 모든 남자아이는 물론 여자아이들까지 웃을 터였다.

　나는 카타리나 비트를 1988년 캘거리 동계올림픽 중계로 처음 봤다. 다른 선수들도 빛났지만 비트는 달랐다. 비트가 있었다. 그는 마이클 잭슨의 〈빌리 진〉에 맞춰 얼음 위에서 '문워크'를 했다. 내가 비트와 사랑에 빠진 건 그 순간이었을 것이다. 모두가 클래식 음악을 틀고 우아하게 얼음 위를 지쳤다. 비트는 1980년대 히트곡을 틀어놓고 "이거 진짜 재미있지 않니?"라는 표정으로 놀았다.

　나도 그렇게 놀고 싶었다. 듀란듀란의 음악에 맞춰 얼음 위를 지치고 싶었다. 불행하게도 그건 불가능했다. 나는 경남 마산에 살고 있었다. 마산은 눈이 좀처럼 내리지 않는 도시고, 시내에는 아이스링크도 없었다. 대신 나는 롤러스케이트장에 가서 바퀴를 굴리며 비트가 된 것처럼 끼를 떨었다. 충분히 만족스럽지는 않았다.

　피겨스케이팅에 빠지자 동계올림픽은 내가 가장 사랑하는 축제가 됐다. 그리고 나는 1992년 알베르빌 동계올림픽 중계를 보다 카타리나 비트를 넘어서서 내 마음속 넘버원이 된 선수를 발견했다. 흑인 선수가 하얀 아이스링크에 서 있었다. 프랑스 선수 수리야 보날리였다. 기분이 이상했다. 1992년의 내가 그 장면을 이상하게 받아들인 것은 마음속

우리 이제 낭만을 이야기합시다

깊은 곳의 인종차별 때문이었을 수도, 혹은 태어나서 처음 보는 광경에 대한 이물감이었을 수 있다. '살색' 크레파스라는 것이 존재하던 시절이었으니 나로서도 어쩔 도리가 없었을 것이다.

물론 보날리가 피겨계의 첫 번째 흑인 선수는 아니다. 카타리나 비트의 강력한 라이벌로 활동했고, 1988년 캘거리 동계올림픽에서 동메달을 따고 은퇴한 미국 선수 데비 토머스도 있었다. 하지만 내가 마음속의 기묘한 편견과 처음 마주하는 계기가 된 인물이 보날리라는 흑인 피겨 선수였다고 말하는 건 온당한 표현일 것이다.

수리야 보날리는 시합 전 연습에서 단 한 번도 보지 못한 어마어마한 동작을 선보였다. 다리를 위로 날리며 뒤로 점프한 뒤 한 발로 착지하는 '백플립'이었다. 사람들은 환호했다. 나는 기절할 뻔했다. 남자 선수들이 간혹 백플립을 연습에서 선보인다는 말은 들어본 적이 있었다. 여성 선수가 마치 고난도의 서커스를 벌이듯이 백플립을 한 뒤 한 발로 착지하는 모습은 태어나서 단 한 번도 본 적이 없었다. 그런 게 가능하다는 상상도 해본 적이 없었다.

보날리는 실전에선 백플립을 선보이지 않았다. 시간이 좀 지난 뒤 피겨스케이팅협회가 백플립이 지나치게 위험하다는 이유로 이를 금지했다는 사실을 알게 됐다. 그 기술을 본선에서 선보이는 순간 메달은 날아갈 터였다.

1992년 알베르빌 동계올림픽에서 보날리가 5위를 차지한 것은 도무지 이해할 수 없었다. 보날리는 힘이 넘쳤다. 여성 스케이터로는 최초로 쿼드러플 토룹을 성공시켰다. 심사위원들은 그의 예술점수를 깎아내렸다. 더 높은 순위를 차지한 선수들에 비해 보날리가 딱히 엄청날 정도로 예술점수를 낮게 받을 이유는 없었다. 나중에 들은 이야기로는, 보날리는 연습 중 다른 선수들 옆에서 백플립을 해 주최 측으로부터 강한 경고를 받았다고 한다.

알베르빌 동계올림픽 이후 보날리는 1993년부터 1995년까지 세 번에 걸쳐 세계선수권대회 2위를 차지했다. 그는 당대 최고의 선수 중 한 명이었다. 그런데 1994년 일본 지바에서 열린 세계선수권대회에서 피겨스케이팅 역사상 최고의 스캔들이 일어났다.

보날리에게는 기회가 있었다. 올림픽 메달리스트 3명이 출전하지 않은 것도 유리했다. 기술적 기량도, 예술적 기량도 절정에 오른 상태였다. 일본 대표 사토 유카도 좋은 선수였지만 보날리에 비교할 정도는 아니었다. 그러나 모든 프로그램이 끝난 뒤 금메달은 사토에게 돌아갔다. 분노와 실망으로 가득한 표정을 짓던 보날리는 시상대에 올라서길 거부하고 얼음 위에 섰다. 시상자가 그의 손을 잡고 억지로 시상대에 올려야만 했다.

보날리는 은메달을 목에 걸자마자 벗어버렸다. 아이스링크에 관중의 야유가 빗발치기 시작했다. 보날리는 마이크를 갖다 대는 기자들에게 딱 한마디를 남겼다.

"저는 그냥 운이 없습니다."

정말이지 부당하고 또 부당한 결과였다.

나는 1998년 일본 나가노 동계올림픽에서 보날리가 금메달을 따기만을 간절히 바랐다. 미리 결론을 말하자면 보날리는 나가노에서 아무런 메달도 따지 못했다. 하지만 그는 치바 세계선수권대회보다 더 강렬한 방식으로 피겨스케이팅 역사에 남을 반역을 보여줬다. 아, 나는 이 이야기를 글로 쓰는 것만으로도 1998년 그 순간 TV 중계를 보며 느꼈던 아찔함과 분노와 후련함을 다시 느끼고 있다. 이 이야기를 듣고 나면 당신도 같은 감정에 사로잡힐 것이다.

보날리는 당대 최고의 선수 중 한 명이었지만 도무지 기준을 알 수 없는 편파 판정 때문에 번번이 좌절했다. 보날리역시 그 사실을 알고 있었다. 일본 지바에서 엄청난 야유를들으면서도 은메달을 목에 걸기 거부한 것도 10여 년간 흑인 선수라는 사실 때문에 알게 모르게 가해진 편파 판정 때문이었다.

어쩌면 1998년 나가노는 보날리가 올림픽 메달을 거머쥘 마지막 기회였을 것이다. 모두 알다시피 피겨스케이터의 생명은 꽤 짧은 편이다. 그러나 보날리는 쇼트에서 엉덩방아를 찧었다. 기술을 완벽하게 소화해도 예술점수로 편파 판정에 시달리는 판에 큰 기술을 실패했으니 롱 프로그램을 잘 소화해도 메달은 꿈도 꾸지 못할 상황이었다. 그래서 보날리는 피겨스케이팅의 세계에 엿을 먹였다. 롱 프로그램이 거의 끝나가는 순간, 그는 전 세계가 지켜보는 가운데 백플립을 해버렸다. 피겨협회가 강력하게 금지하고 있던 기술을 마지막 올림픽 무대에서 터뜨려버린 것이다.

보날리는 백플립 때문에 기술점수에서 엄청난 감점을 받고 결국 10위로 마무리를 했다. 결과가 나오자 관중의 야유가 빗발쳤다. 보날리를 향한 야유가 아니었다. 부당한 심판들과 경직된 피겨계를 향한 야유였다.

보날리가 처음 피겨 세계에 데뷔했을 때, 프랑스 피겨계는 그가 프랑스의 식민지이던 마다가스카르 근처 섬 출신이라고 홍보했다. 부모에게 버려져 해변에서 발견된 고아 출신이라는 이야기도 떠돌았다. 프랑스 피겨계가 만들어낸 가짜 탄생 설화였다. 유일한 흑인 피겨스케이터를 보다 '이국적인' 존재로 팔아먹기 위한 홍보 수단이었다. 그건 19세기

우리 이제 낭만을 이야기합시다

유럽 국가들이 식민지의 흑인들을 동물원과 서커스의 홍보 수단으로 삼았던 고통스러운 역사를 다시 상기시킨다. 보날리는 자신의 인종적 정체성을 분명히 인지하며 아이스링크의 인종차별에 맞섰다. 그는 한 인터뷰에서 "내가 백인이었다면 훨씬 더 호의적으로 받아들여졌을 것이며, 더 큰 지원도 따냈을 것"이라고 말했다.

2010년대의 선수들은 정치와 스포츠가 완벽하게 분리돼야 한다고 믿지 않는다. 스포츠 세계에도 수많은 정치적 함의가 결과에 영향을 미친다. 그러나 1980년대와 1990년대는 달랐다. 모두가 스포츠와 정치는 완벽하게 분리돼야 한다고 믿었다. 피겨스케이터 누구도 자신의 정치적 의견을 공공연히 드러내지 않았다.

보날리는 그런 선수가 아니었다. 그는 자랑스러운 채식주의자이자 동물보호론자로서 PETA(동물을 윤리적으로 대우하는 사람들)의 홍보 모델로 활동했다. 바다사자 사냥과 모피 반대 운동에 적극 참여했다. 무엇보다 보날리에게는 역사에 남을 나가노의 백플립이 있었다.

도널드 트럼프와 NFL 선수들도 전쟁을 치렀다. 트럼프는 국가가 나올 때 인종차별에 항의하며 무릎을 꿇고 일어나지 않는 선수들에게 "개새끼들"이라며 비난을 퍼부었다.

그러자 많은 미식축구 선수들이 국가가 흘러나올 때 항의의 의미로 무릎을 꿇기 시작했다. 마이애미 돌핀스의 줄리어스 토머스는 이렇게 말했다.

"이 나라에서 압제적 가치를 지닌 사람들이 용기 있는 사람들을 겁주며 불평등을 받아들이라고 한 것은 이번이 처음은 아니다. 나는 모두를 위한 자유와 정의가 실현될 때까지 동료들과 함께 무릎을 꿇겠다."

구단주 역시 성명을 발표해 선수들을 지지했다.

"오래전부터 미식축구는 대화와 긍정적 변화를 위한 강력한 도구가 되어왔다."

그러나 트럼프는 물러서지 않았다. NFL 역시 "우리는 국기에 경의를 표해야 하고 팬들도 우리가 그러기를 원한다"라며 결국 트럼프 앞에 무릎을 꿇었다. 무릎 꿇기 운동은 끝났다. 그러나 스포츠가 패배한 것인가?

1968년 멕시코시티 올림픽 육상 200미터 금메달과 동메달을 딴 미국 선수 토미 스미스와 존 카를로스는 국가가 나오는 순간 검은 장갑을 낀 주먹을 하늘로 뻗었다. 미국 내에서 타오르던 흑인 인권운동을 지지하려는 의미에서였다. 그들은 즉각 선수촌 밖으로 추방됐다. 영원히 스포츠계에서 불이익을 얻어야 했다.

그러나 그들은 패배하지 않았다. 그들은 올림픽 역사에서 정치적 행동이 얼마나 거대한 의미가 있는지 상징하는 인물로 영원히 남았다. 미식축구 선수들도 패배하지 않았다. 나가노를 마지막으로 은퇴를 선언한 수리야 보날리 역시 패배하지 않았다.

사람들은 종종 스포츠 세계가 순결한 땀과 훈련과 페어플레이 정신으로 가득한 인간 정신의 성전으로 남아야 한다고 믿는다. 그렇지 않다. 한 번도 그랬던 적이 없다. 스포츠는 순결하지 않다. 올림픽은 순결하지 않다. 하얀 아이스링크도 순결하지 않다. 우리에겐 여전히 더 많은 백플립이 필요하다.

나는 모피를
반대하지 않는다

먼저 이 이야기를 꼭 하고 넘어가야 할 것 같다. 나는 모피를 반대하지 않는다. 이게 지금 무슨 소리냐고? 일단 한번 들어보시라. 사실 나는 대부분의 것에 완벽하게 반대하지 않는다. 무언가를 완벽하게 반대한다는 태도가 편협하다고 생각하기 때문이다. 이를테면 나는 HIV에 반대하지 않는다. 그건 반대할 수 있는 게 아니다. 미안하지만 HIV는 이미 지구에 태어났고, 이처럼 광범위한 전염병은 결코 사라지지 않는다. 멸종은 불가능하다. 우리는 HIV와 어쨌든 함께 살아가야 한다. 중요한 건 현실을 받아들이고, 그 안에서 가장 실용적인 대책을 고민하는 것이다.

같은 의미로 나는 개고기에 반대하지 않는다. 그건 반대만으로 바뀔 수 있는 게 아니기 때문이다. 그것이 좋은 전통이든 나쁜 전통이든, 어쨌든 한국과 중국을 비롯한 많은 국

우리 이제 낭만을 이야기합시다

가에는 개고기를 먹는 풍습이 존재한다. 그걸 즐기는 사람이 존재한다. 그들을 위한 개고기 산업이 존재한다. 여기서 내가 주장하고 싶은 건, 개고기가 식용일 수도 있다는 사실 자체를 인정한 뒤, 지금보다 더 위생적이고 윤리적인 도살 방식을 도입하자는 거다. 그렇다고 개고기 산업이 더 성장하지는 않는다. 어차피 사라져가는 산업이다. 나에게 중요한 건 지금 당장 도살당하는 개들이 적어도 도살당하는 소나 돼지 정도의 취급은 받으며 죽는 것이다. 산 채로 불태워지지 않고 말이다.

모피에 관한 나의 생각도 비슷하다. 내 엄마는 모피를 좋아한다. 오래전 엄마는 아버지로부터 어마어마하게 부피가 거대해서, 저걸 입고 산을 돌아다니다가는 사냥꾼의 공기총에 맞을 수도 있겠다는 두려움을 불러일으키는 모피를 선물받으시고는 당근을 얻은 토끼처럼 좋아하셨다.

엄마는 나와 외출할 때 모피를 꺼내신다. 아들과 오랜만에 데이트하는 시간이니 가장 근사하게 갖춰 입고 싶어서일거다. 나는 모피를 입은 엄마의 팔짱을 낀다. 그 느낌이 소름 끼치지 않냐고? 아니. 전혀. 그건 어쨌든 옷일 뿐이고, 나는 엄마에게 윤리학 강의를 할 생각은 없다.

나에게도 모피라고 할 수 있는 아이템이 몇 벌 있긴 했다. 라쿤 한 마리의 가죽을 고통스럽게 벗겨내서 만든 털이 둘린 겨울 재킷을 몇 벌이나 갖고 있었다. 나는 라쿤 털이 좋았다. 보슬보슬하게 목에 감기는 느낌도 좋았고, 스멀스멀 올라오는 털 내음도 좋았다. 지금은? 지금도 그게 아주 나쁘다고 생각하진 않는다. 나는 가죽 냄새가 좋고 털 냄새가 좋다. 정치적으로 올바른 척하기 위해 내 후각적 취향 앞에서 거짓말을 할 만큼 나는 낯가죽이 두껍진 않다.

지금은 모피가 없다. 10여 년 전 모피 제조 동영상을 본 이후로 하나씩 버리거나 남에게 줬다. 그런데 그런 행위가 일순간에 이루어진 것은 아니라는 걸 미리 말하고 싶다. 동영상을 본 뒤에 나는 분명히 죄책감을 느꼈다. 하지만 여러분도 아시다시피, 윤리적 죄책감과 패션을 향한 열정은 1:1로 맞바꿔지는 종류의 것이 아니다. 아무리 잔인하고 잔혹한 동영상을 SNS에 올리며 사람들에게 경각심을 불러일으키려 노력해도, 그걸 본 사람들이 즉시 방으로 뛰어 들어가 모피로 된 아이템을 모조리 불태우며 모피를 입지 않겠다고 다짐하지는 않는다. 다만, 그 효과는 천천히 발현된다.

나는 내일 만날 친구가 모피를 입고 온다고 해도 도덕적으로 불편한 기색을 내비치거나 입으로 소리 내어 비판할

우리 이제 낭만을 이야기합시다

생각은 추호도 없다. 그것이 사람들에게 가져다주는 윤리적 역효과를 알기 때문이다. 어쩌면 나는 친구가 입고 나온 디자이너 레이블의 모피 코트가 너무나 아름다워 탄성을 내지를지도 모른다. 어쨌거나 모피는, 시각적으로 아름답다. 나는 아름다움을 부인할 수는 없다.

아름다운 건 도덕과 윤리에 관계없이 아름답다. 이를테면 그건 마치 우리가 내심 제2차 세계대전 중 나치가 입었던 군복의 아름다움을 부인할 수 없는 것과도 비슷하다. 유대인 브라이언 싱어 감독이 나치를 소재로 한 영화 〈발키리〉를 만들었을 때, 나는 서울을 방문한 그를 만난 적이 있다. 나는 물었다.

"솔직히, 나치 군복이 정말 아름답다고 생각했죠?"

그는 거침없이 말했다.

"물론이죠. 나치 군복이 역사상 가장 아름다운 디자인의 군복이었다는 사실을 부인할 순 없어요."

나치들은 치가 떨릴 정도의 학살을 자행했지만, 그렇다고 그들이 입은 군복이 아름답다는 사실을 굳이 부인할 필요는 없다.

나에게 모피란 그런 것이다. 그건 분명히 아름답다. 사람들이 옷을 통한 아름다움의 표현을 멈추는 날이 오기 전까지, 모피는 완벽하게 사라지지는 않을 거다.

　나는 그 사실을 전혀 부인하지 않지만, 더는 모피를 구입하지 않는다. 솔직히 말하자면, 나는 참고 있다. 여전히 라쿤털이 달린 야상을 구입하고 싶지만, 그것이 불행한 방식으로 도살당한 동물의 털이라는 사실을 알기 때문에 참는다. 우리는 그것이 옳지 않다는 사실을 깨닫는 순간 전혀 다른 사람으로 다시 태어나 일순간에 모피를 벗어 던지는 것이 아니다. 그것이 옳지 않다는 사실을 알면서도 은밀하게 솟구치는 입고 싶은 욕망을 꾹꾹 누르고 참아내는 것이다.

　나는 모피를 반대하지 않는다. 나는 모피를 참는다. 그리고 욕망을 참아내는 것이 바로 '인간 지성의 승리'라고, 아주 거창하게 생각한다.

우리 이제 낭만을 이야기합시다

우리는 인간이다. 인간의 마음은
얄팍한 한 겹의 레이어가 아니라
무수히 많은 복잡한 레이어로
만들어졌다.

4부_옳음과 현실 사이에서

슬픈 쥐를
보았다 1

시장에 뉴트리아가 있었다. 1990년대 초반, 나는 부산의 가장 큰 재래시장 중 하나인 동래시장 근처에 살았다. 흥청거리는 시장이라 별의별 게 다 있었다. 닭 파는 집에는 닭은 물론이고 오골계들이 철창 속에서 빼곡하게 고개를 내밀고 울어댔다. 지나가던 아주머니가 "오늘은 닭죽이라도 할까?"라고 중얼거리면 닭집 아저씨는 가장 튼실하게 생긴 닭을 쑥 잡아 들어 올린 다음 흥정이 끝나기도 전에 털을 뽑기 시작했다.

더 무시무시한 건 보양식 집이었다. 간판에는 '개소주'라는 글이 벌건 필체로 쓰여 있었다. 엄마는 나에게 종종 개소주를 먹였는데, 나는 개소주에 진짜 개가 들어간다는 건 꿈에도 생각하지 못했다(이후 우리 집안은 개를 키우기 시작하면서부터 개에 관련된 모든 음식을 끊었다).

어느 날 그 보양식 집에 기묘한 동물이 하나 들어왔다. 보양식 집 주인은 거리에 철창을 내놓고 하얀 쥐 한 마리를 홍보용으로 전시했다. 쥐는 아니었다. 실험용 하얀 쥐에게 매일같이 개소주를 먹여서 덩치를 열 배로 불려놓은 듯한 동물이었다. 이름이 뉴트리아라고 했다. 이름도 외모도 가히 초현실적이었다.

동래시장의 하얀 뉴트리아가 어떻게 됐는지는 알 수 없다. 아마도 새로운 보양식을 찾아 헤매는 중년 남자나, 그 남자의 아랫도리가 영 못마땅한 아주머니의 주문에 따라 뉴트리아는 압력밥솥처럼 생긴 거대한 찜통에 온갖 약재와 함께 들어가 푹 고아진 뒤 30개들이 진공 비닐 팩에 나눠 담겼을 것이다. 그 시절 부산 어느 아파트의 저녁 자리에서 있었을 법한 대사를 한번 떠올려보자.

"여보. 정력에 좋다는 거 고아 왔는데 한번 잡솨보소."

"이기 먼데? 개소주 아이가. 인자 개는 안 묵는다 안 카나."

"개 아이라. 이기 남미에서 온 뉴트리… 머라 카데예. 몸에 억수로 좋은 기라."

"뉴트리… 머? 뉴트리라이프?"

"뉴트리라이프. 맞다. 뉴트리라이픈가 누텔란가 그거 맞다. 고마 쭉 들이키소."

"이놈의 마누라가 밤마다 내를 잡을라꼬 아주 환장을 했
는갑다."

그 뒤로 뉴트리아를 잊고 살았다. 뉴트리아를 다시 본 건
종편 채널의 한 다큐멘터리 프로그램에서였다. 〈갈 데까지
가보자〉라는 제목의 그 다큐멘터리는 아주 종편다운 프로
그램이었다. 카메라는 낙동강 부근의 마을로 들어가 낯선
동물들이 뛰어다니는 모습을 호러 영화적 테크닉으로 찍어
댔다. 괴물 쥐라고 했다. 십수 년 전 시장 어귀에서 철창에
갇힌 채 압력솥에 들어가길 기다리고 있던 뉴트리아가 거기
있었다.

뉴트리아는 아르헨티나, 우루과이, 칠레 등 남미에 사는
동물이다. 1980년대 중반에서 1990년대 초반은 버블 경제
를 맞이한 한국 농가들이 또 다른 수익 사업에 열중하던 시
기였다. 소와 돼지 말고 다른 동물들을 키워서 부수입을 올
리고 싶었던 농가들은 타조, 오소리 등 많은 외래종을 한국
으로 들여왔다. 뉴트리아도 그중 하나였다. 2001년 정부가
뉴트리아를 축산법상 가축으로 지정할 당시에는 470여 농
가에서 무려 15만 마리를 사육했다. 사람들은 뉴트리아를
먹지 않았다. 모피도 사지 않았다. 아무리 '민물 물개'나 '늪

너구리'라는 애칭을 지어준들, 사람들 눈에 뉴트리아는 거대한 쥐일 뿐이었다.

수익이 안 나오자 많은 농가들은 사육을 포기하고 뉴트리아를 축사에서 내보냈다. 뉴트리아는 열대 동물이다. 기온이 영상 5도 이하로 떨어지면 동상에 걸려서 죽거나 생식 능력을 잃어버린다. 뉴트리아를 내보낸 농장주들도 그 사실을 알고 있었을 것이다. 어차피 다 얼어 죽거나 스스로 멸종할 테니 그냥 내보내도 큰 문제는 없을 거라 여겼을 것이다.

그러나 생명은 신비하다. 인간이 적응하듯 동물도 적응하고, 인간이 진화하듯 동물도 진화한다. 야생화된 한국의 뉴트리아는 몇 세대를 지나오면서 겨울에 완전히 적응을 한 채 급속하게 퍼져나갔다. 수천 마리가 낙동강을 중심으로 번성하기 시작했다. 2009년 6월 환경부는 결국 뉴트리아를 생태계교란종으로 지정했다. 축산법상 가축으로 지정한 지 겨우 8년 만의 일이다.

그 뉴트리아를 보러 낙동강으로 내려갔다. 물론 뉴트리아를 취재하기 위해서는 먼저 취재원을 찾아야 했다. 2013년 당시 부산시는 뉴트리아 박멸 캠페인을 펼치고 있었다. 시민들이 뉴트리아를 잡아 관할 구청에 신고하면 1마리당 3만원의 포상금을 준다. 부산시 환경정책과에 전화를 걸었다.

4부_옳음과 현실 사이에서

"저는 기잔데요, 뉴트리아 대책 관련 기사를 준비하고 있습니다. 관계자와 통화할 수 있을까요?"

"외근 나갔습니다."

이틀을 전화기에 매달려 있다가 겨우 통화가 성사됐다.

"요즘 낙동강에 생태계교란종 뉴트리아가 번식해서 골치가 아프시다는 말을 들었습니다. 그래서 이렇게 뉴트리아를 잡는 일을 하시는 분을 만나뵙고 싶은데요."

"그분들 연락처는 알려드릴 수 없습니다."

"뉴트리아 문제의 심각성과 시의 노고를 치하하는 기사를 쓰고 싶은데요."

"개인정보라 연락처는 알려드릴 수 없습니다."

"아 그래도. 제가 직접 내려가서 만나뵙기라도 할 수 없을까요?"

"곤란합니다. 감사합니다. (철컥)"

왜 취재를 원하지 않는지는 짐작이 갔다. 언론에 A씨 혹은 B씨로만 등장하는 뉴트리아 사냥꾼들은 한 달에 100~200마리를 잡는다. 마리당 3만 원이니 한 달에 300만 원에서 600만 원의 수익을 거둘 수 있다. 여러 기사에 따르면 이들은 석궁이나 몽둥이, 골프채 등을 사용해서 뉴트리아를 때려잡는다. 뉴트리아는 순하고 동작이 굼떠서 잡기 그리 힘들지 않다.

우리 이제 낭만을 이야기합시다

시청 공무원들에게도 가장 중요한 건 실적일 것이다. 얼마나 많은 숫자의 뉴트리아를 잡았는가가 중요하다. 얼마나 인도적으로 뉴트리아를 잡았는지는 그리 중요한 문제가 아니다. 그들로서는 동물 보호 단체의 눈길이 꽤 골치 아플 것이다. 서울에서 온 기자 역시 피하고 싶었을 것이다. 대신 나는 경상남도 창녕군 우포늪에서 뉴트리아를 잡는다는 한 남자를 찾기로 했다. 즉시 창녕군청에 전화를 했다.

"안녕하세요. 저는 서울의 기잔데요, 뉴트리아 문제가 심각하다면서요?"

"낙동강유역환경청으로 전화하세요. (철컥)"

낙동강유역환경청으로 전화했다.

"저는 서울의 잡지 기잔데요, 뉴트리아 취재를 위해 전화를 드렸습니다. 뉴트리아를 전담으로 잡으신다는 선생님 전화번호를 알고 싶습니다."

환경청 직원은 친절히 번호를 알려줬다. 취재의 의도를 이해한 것 같았다. 환경 관련 단체이기 때문에 가능했던 일일지도 모르겠다.

우포늪까지 가는 방법은 간단하다. KTX를 타고 밀양으로 들어간 뒤, 시외버스를 타고 다시 창녕읍으로 간다. 거기서 또다시 시외버스를 타거나 택시를 타면 된다. 밀양에 도착하자마자 택시를 잡았다.

"우포늪 가주세요. 1시간 안에는 가야 합니다."

"무신 일로 오셨능교?"

"우포늪 취재 왔습니다."

"사진 찍으러 왔는가."

"아뇨. 뉴트리아 잡으시는 분이 있다고 해서요."

말이 떨어지기 무섭게 기사의 말이 쏟아졌다.

"글마들 억수로 많다 아입니까. 낙동강 변에 가면 마 드글드글하다더라꼬."

"직접 보신 적 있으세요?"

"봤지예. 쥐는 쥔데 억수로 큰 쥐기라. 그것들 마 다 잡아 죽이삐야 되는데."

여기서 나는 궁금함을 참을 수가 없었다. 뉴트리아가 매일같이 도로를 달리는 택시 기사에게 직접적인 위협이나 영향을 끼친 적은 없을 것이다. 왜 기사는 모조리 잡아 죽여야 한다고 흥분을 하는 걸까.

"뉴트리아를 다 그렇게 잡아 죽여야 할 이유는 뭐가 있을까요?"

"테레비 안 봤는교. 괴물 쥐 아이가 괴물 쥐. 사람 손가락도 짤라 묵는다데."

우리 이제 낭만을 이야기합시다

남미의 뉴트리아는 비교적 온순하기로 유명하다. 자기보다 덩치가 큰 사람은 공격하지 않는 동물이다. 온순한 성질 덕분에 한국에서도 가축으로 사육할 수 있었다. 그러니까 지금 한국인에게 뉴트리아는 본래의 모습이 아니라 TV 카메라가 온갖 영상과 음향 효과를 넣어서 '사람 손가락을 절단할 만큼 이빨이 큰 괴물 쥐'로 홍보한, 일종의 미신적 괴물에 가까운 존재인 셈이다.

슬픈 쥐를
보았다 2

우포늪에 도착하자마자 뉴트리아 선생이 작은 스쿠터를 타고 왔다. 이 남자는 매일 배를 타고 우포늪을 순찰하며 불법 낚시꾼을 감시하고 쓰레기를 제거한다. 물론 뉴트리아 포획도 주요 일과 중 하나다. 그는 이런 공로를 인정받아 정부로부터 큰 상을 받은 적도 있다.

"뉴트리아가 많나 봅니다."

"처음에는 많았어요. 지난 5년 동안 600마리 넘게 잡았으니까. 내 덕분에 우포늪에는 뉴트리아가 더 못 들어와."

순간 저널리스트로서의 공포가 급습했다. 뉴트리아가 우포늪에 더 들어오지 못한다고? 그렇다면 여기까지 내려와서 뉴트리아를 보지 못한다는 소린가? 주영학 선생이 내 얼굴에 드리운 그늘을 감지한 듯 말했다.

"그래도 매주 한두 마리씩은 잡제. 내일 아침 일찍 이 자리

우리 이제 낭만을 이야기합시다

에서 만납시다. 운이 좋으면 잡을 끼고, 운이 없으면 우짜겠노."

선생이 떠난 다음 우포늪 주변을 혼자 걸었다. 이름이 늪이라고 해서 조그마한 늪을 상상해서는 안 된다. 우포늪은 대한민국 최대의 내륙 습지다. 전체 면적은 무려 70만여 평이다. 1억 4천만 년 전에 생성된 이 늪에는 환경부가 멸종위기종으로 지정해 보호하고 있는 340여 종의 식물과 62종의 조류, 28종의 어류가 살고 있다. 주변을 잠시 걷기만 해도 이 거대한 늪의 가치를 알 수 있다. 쇠백로가 날갯짓하며 내려앉고, 고니와 청둥오리가 열심히 물질한다. 족제비와 너구리는 물론, 한국의 다른 지역에서는 거의 멸종된 삵도 빈번히 발견된다.

거대한 늪 어딘가에 뉴트리아가 살고 있다. 낮에는 굴을 파고 숨어 있다가 밤이 되면 뒷발의 물갈퀴를 이용해 헤엄을 치며 식물의 뿌리를 갉아 먹을 것이다. 뉴트리아는 분명히 여기에 있다. 나는 그걸 꼭 보고 올라가야만 했다.

다음 날 아침 다시 우포늪으로 향했다. 아침의 우포늪은 더욱 근사하다. 닦지 않고 내버려 둔 욕실 거울을 70만여 평의 땅에 통째로 올려놓은 듯 탁하게 반짝인다. 선생이 스쿠터를 타고 약속 장소로 달려왔다.

"준비됐는교? 그라몬 저 배를 타고 한번 나가보입시다."

배? 무슨 배? 늪 어귀에 배는 없다. 아, 있긴 있다. 어린아이들이 나무판자로 뚝딱뚝딱 하루 만에 만든 뗏목 비슷한 것이 하나 떠 있다.

"이걸 타고 간다고요?"

"그렇지."

사지가 덜덜 떨리지만 어쩔 도리 없다.

선생은 매일매일 덫을 놓는다. 작은 쪽배로 늪을 돌면서 작은 섬 위에 덫을 놓고, 아침이면 덫에 걸린 뉴트리아를 포획한다. 덫이 있는 곳은 노란 쇠막대기를 꽂아놓았기 때문에 멀리서도 확인할 수 있다.

"뉴트리아가 잡히면 바로 알 수 있제. 요놈이 덫에 걸린 채로 쇠막대기를 짚고 서서 누가 오나 안 오나 감시하고 있거든."

첫 섬에 도착했다. 뉴트리아는 없다. 덫을 자세히 들여다보니 고무 패킹이 씌워져 있다. 쇠갈퀴가 날카롭게 달린 덫을 상상했는데 비교적 인도적으로 고안된 덫이다. 덫 옆에는 뉴트리아가 누고 간 똥이 있다. 어른 남자 새끼손가락만 하다.

"요놈들이 꽤 영리해서 요새는 덫을 피해서 이래 똥만 누고 가더라고."

덫 옆에서 시원하게 배설만 하고, 자신도 모르게 인간을
조롱하고 떠난 뉴트리아가 왠지 영특하게도 느껴졌다.

섬을 몇 군데 더 돌았다. 갑자기 배 옆에서 물장구가 튀어
오른다. 선생은 소리를 빽 지르며 놀란 나를 우습다는 듯이
바라봤다.

"가물치요 가물치. 근데 기자님들 싣고 다닐라니 힘드네.
잠시만 기다리보소."

선생이 갑자기 나를 섬에 떨어뜨려놓고 어디론가 배를 타
고 가버렸다. 광활한 늪으로 둘러싸인, 코끼리 등만 한 섬에
홀로 앉아 20여 분을 기다렸다. 덫과 뉴트리아의 똥을 바라
보며 앉아 있자니 유년기 내 무의식의 일부를 잠식한 소설
을 하나 떠올랐다.

《워터십 다운의 열한 마리 토끼》는 1972년 발간된 리처
드 애덤스의 소설로, 주인공 토끼들이 재앙이 닥친 고향을
탈출하는 과정을 그린 모험극이다. 토끼가 주인공이라고 얕
봐서는 안 된다. 택지 개발로 위험해진 고향을 떠나는 이 토
끼 모험담은 죽음과 피와 살상으로 넘치는, 이를테면 '생존
에 대한 욕망'을 말하는 놀라운 걸작이다. 나는 그 순간 덫에
발이 걸린 채 불안에 떠는 한 마리 뉴트리아가 된 기분이 들
었다.

20여 분 뒤 선생이 뉴트리아를 배에 싣고 왔다.

"한 마리라도 있어서 다행이네."

진짜 뉴트리아다. 몸집은 거대한 고양이만 하다. 둥글둥글한 생김새가 쥐보다는 오히려 수달이나 비버에 가깝다. 물갈퀴는 뒷다리에만 달려 있다.

"이놈들은 수달처럼 헤엄을 잘 치지는 못해. 잠수는 못하고, 얼굴을 물 밖으로 내놓고 뒷발로만 헤엄을 치거든."

선생에 따르면 처음 뉴트리아가 우포늪에 나타난 12년 전, 마을 주민들은 이 동물을 수달로 착각했다고 한다.

"처음에는 다들 수달이 나타난 줄 알았는데, 갑자기 정부에서 이거를 박멸해야 된다는 기라."

"왜요?"

"생태계를 해치니까 그렇지. 여기가 철새로 유명한 늪인데 철새가 묵어야 되는 식물 뿌리를 다 갉아 묵고…."

"철새를 직접 먹지는 않죠?"

"아이고. 묵지. 철새 새끼도 잡아묵고. 배고프면 다 묵제."

"사납지는 않아 보이는데요?"

"그래도 이래 올무로 잡을라 카몬 사나와."

물론이다. 생명의 위협을 느낀 존재는 사나워지게 마련이다. 선생이 잡은 뉴트리아는 앞다리 하나가 절단된 상태다. 아마도 덫에 걸린 다리를 빼려다 상처를 입은 모양이다. 선생은 직접 만든 올무로 뉴트리아를 잡고 있다.

"목이 마를 낀데 물이라도 묵게 해야지. 봐라 봐라. 목 많이 말랐는갑다."

뉴트리아가 하반신에 올무를 건 채 물속에 들어가더니 물을 벌컥벌컥 들이켠다. 아무래도 뉴트리아는 물속이 훨씬 편해 보인다. 선생이 올무를 치켜들자 뉴트리아가 "꿰엑 꿰엑" 고통스러운 소리를 낸다. 종편 프로그램에서 떠들어대듯이 위협적인 모양새는 아니다. 이틀을 아무것도 먹지 못하고 갇혀 있던 뉴트리아는 그저 생존에 대한 욕망을 꿰엑거리는 소리로 내뱉고 있을 따름이다.

선생에 따르면 잡은 뉴트리아는 뭍에 있는 철창에 가둬놓는다. 그렇게 산 채로 보관하다가 우포늪을 견학하러 온 관광객들에게 교육용으로 보여주기도 한다. 시간이 흘러서 죽은 뉴트리아는 비닐봉지에 싼 뒤 거대한 냉동고에 보관해두다가 서울로 올려보낸다. 살아 있는 뉴트리아가 어떻게 죽는지에 대해서는 선생도 별 설명이 없었다. 나도 그에 대해서 꼬치꼬치 캐묻고 싶은 마음은 없었다.

"서울로요? 죽은 채로요?"

"어떤 건 환경청에서 실험용으로 쓰기도 하고….."

"그럼 남은 것들은요?"

"서울에 있는 동물원에도 보내제."

"죽은 채로 동물원에 보내면 뭐에 쓰나요?"

"사자 먹이로 준다 카데."

선생은 뉴트리아를 철창에 넣으려다 가져온 당근을 하나 던져줬다. 앞다리가 잘리고 하반신이 올무에 걸린 채로 뉴 트리아는 허겁지겁 당근을 먹어치웠다. 나는 어떤 존재가 그토록 무언가를 비참할 정도로 급히 먹는 모습은 본 적이 없다. 곧 죽을 것을 예감하고도 생존에 대한 욕망을 뿌리치 지 못해 애절하게 목숨을 이어가는 존재를 이처럼 눈앞에서 똑똑히 본 적이 없다. 선생은 뉴트리아를 철창에 넣고 스쿠 터에 시동을 걸었다.

"사진 잘 나왔는가 모르겠네. 잘 나오면 책 하나 보내주소."

선생은 스쿠터를 달려서 늪을 둘러싼 보 건너편으로 사 라졌다. 나는 선생이 덫에 손수 달아놓은 고무 패킹을 떠올 렸다. 그리고 뉴트리아를 가둬놓은 철창 속에 던져놓은 갖 은 채소와 당근을 생각했다. 그는 마리당 3만 원을 받기 위 해 석궁과 골프채로 이 영문 모를 설치류의 머리를 내려치 는 사냥꾼이 아니다. 늪을 지키기 위해 정부가 생태계교란 종으로 지정한 동물을 포획하는 사람이다. 그리고 그는, 적 어도 뉴트리아의 고통을 최소화하기 위해 덫에 고무 패킹 을 다는 사람이다. 나는 선생 앞에서 뉴트리아의 생존권에 대한 인텔리적인 교화 따위 늘어놓고 싶은 마음이 추호도 없었다. 그는 우리가 벌여놓은 일을 묵묵히 대신 해결하는 사람이다.

그런데 말이다. 과연 뉴트리아가 완벽하게 사라지는 게 가능할까? 낙동강 유역에서 2012년 한 해 잡힌 뉴트리아만 1,000마리에 달한다. 그 몇 배가 넘는 뉴트리아가 이미 자신들만의 생태계를 만들어 살고 있다는 소리다.

뉴트리아는 한국만의 문제는 아니다. 미국은 이미 1930년대에 모피를 얻기 위해 미시시피 지역에 뉴트리아를 방사했다. 사육이 아니라 방사라니, 가히 미국적인 스케일이다. 그러나 1980년대 모피 가격이 폭락하자 누구도 방사된 뉴트리아를 포획하지 않았다. 미국 정부는 뉴트리아 퇴치 프로그램을 시행해서 거의 박멸 단계까지 갔으나, 애초에 생태계로 들어선 특정 종을 완벽하게 박멸하는 건 거의 불가능한 일이다. 수만 마리의 뉴트리아는 태곳적부터 거기 있었다는 듯 여전히 미국 남부의 습지대에 살고 있다.

한국 역시 뉴트리아 박멸을 외치고 있지만 아마도 완벽한 박멸은 불가능할 것이다. 붉은귀거북, 황소개구리, 배스, 블루길 등 인위적으로 한국에 들여온 외래종 중 완벽하게 멸종하거나 박멸된 동물은 없다. 다들 어떻게든 자기들만의 방법으로 살아간다. 우리가 들여오고 우리가 때려잡는 뉴트리아 역시 그렇다. 박멸과 멸종은 가능한 일이 아니다. 가까운 미래에 우리는 뉴트리아와 함께 살아야 하는 법을 배워야 할지도 모른다.

나는 괴물 쥐를 보러 우포늪으로 갔다. 그러나 종편 프로그램과 뉴스들의 표현은 틀렸다. 낙동강에 괴물 쥐는 살지 않는다. 거기에는 슬픈 쥐가 산다.

대의를 지지하는 건 지지하는
거고, 잘못된 것을 지적하는 건
지적하는 거다. 둘 중 하나를
선택해야 한다는 말은 빈곤하다.
남에게는 물론 자신에게도 선택을
강요할 필요 없다.

동물윤리적으로 사과하기,
동물윤리적으로 겨울나기

며칠 전 잠에서 깨자마자 '송년 나의 스타일 모토는 딱 하나다. 윤리적 패션이다!'라고 생각했다. 그날 바로 모토를 어겼다. 패딩을 꺼냈기 때문이다. 딴에는 '스타일을 포기할 수 없다면 브랜드라도 포기하지 않겠다'라는 어처구니없이 비장한 마음으로, 이명박 대통령의 손녀가 입어서 더욱 기세를 떨친 몽클레르의 패딩을 구입했다. 그나마 값비싼 딱지라도 어깻죽지에 붙어 있어야 덜 부끄러울 것 같다는, 내가 생각해도 정말 하찮고 어처구니없는 생각 때문이었다.

하여간 패딩은 따뜻했다. 그러나 패딩이 모피와 다름없이 비윤리적이라는 사실을 깨달은 건 한참 후였다. 이를테면 '윤리적 생산'을 표방하고 나선 대부분의 패딩 업체들이 사실은 푸아그라를 위해 평생을 학대받는 거위의 털을 뽑아서 패딩을 만든다는 사실을 알게 되자, 패딩을 입고 다니는

우리 이제 낭만을 이야기합시다

것 자체가 신경에 거슬리기 시작했다. 나도 안다. 이게 지나치게 까탈스러운, 어쩌면 윤리적 소비를 위한 윤리적 소비라는 사실을 말이다. 하지만 일단 사실을 알고 나니 거슬리는 건 어쩔 도리가 없는 일이다. 모두에게 같은 양심을 강요할 생각은 추호도 없지만, 적어도 나의 알량한 양심에는 충분한 가책이 생겨버렸다.

사실 윤리적인 패딩을 입는 것도 얼마든지 가능하다. 이를테면 아웃도어 브랜드 파타고니아는 2014년부터 오로지 100퍼센트 추적이 가능한 '트레이서블 다운'만을 사용한다. 살아 있는 오리나 거위, 혹은 푸아그라 사육을 위해 강제로 사육한 거위로부터 깃털과 털을 얻지 않는다는 의미다. 한국의 모든 패딩 시장을 휩쓸면서 거의 모든 한국 브랜드들이 디자인을 몰염치할 정도로 뻔뻔하게 카피했던 '캐나다 구스' 역시 살아 있는 오리나 거위로부터 깃털을 뽑지 않는 것으로 알려져 있다. 문제는 캐나다 구스의 패딩에는 진짜 코요테의 털이 달려 있다는 거다. 이건 뭔가 뜨뜻미지근한 윤리적 태도라고 해야 할까.

그러다가 나는 드디어 윤리적인 소비를 제대로 할 방법을 찾아냈다. 심지어 패딩을 선택하지 않고, 우아한 코트를 입어도 괜찮은 방법을 말이다! 2014년 대한항공 조현아 부사장이 사과하는 자리에 입고 나온 것으로 '추정'된다며 이런 저런 일간지들이 부끄러움 없이 기사로까지 만들어냈던 로로피아나는 안데스산맥에 사는 비쿠냐(낙타과에 속하는 동물이다)의 털을 나무 덩굴을 이용해서 채취한다. 자유롭게 초원을 달리며 사는 비쿠냐가 나무 덩굴을 지나치는 순간 가지에 털이 묻는다. 로로피아나는 딱 그것만을 이용해서 스웨터 같은 의류를 만든다.

조현아 부사장이 입고 나온 그 코트가 로로피아나 것인지는 모르겠고, 비쿠냐의 털로 만든 코트인지도 모르겠다. 딱히 관심은 없다. 하지만 만약 그게 비슷하게 윤리적인 방식으로 채취한 동물의 털로 만든 로로피아나의 코트라면, 나는 그것을 적어도 동물윤리적으로는 충분히 공정한 사과용 복장이었다고 말하리라.

그래서 내가 로로피아나의 코트를 구입할 생각이냐고? 일단 한번 매장에는 들러볼까 한다. 만약 세일 중이라거나, 그게 정말로 최대한 윤리적으로 만든 코트라면, 윤리적으로 럭셔리한 호사를 부려보는 것도 절대 나쁜 일은 아닐 것이다. 물론, 우리는 그녀의 코트가 로로피아나의 코트였는지는 전혀 모른다. 그거 다 추측일 따름이라니까.

나는 비닐백이   아니랍니다

패스트 패션의 모토는 맥도날드와 다르지 않다. '트렌디한 젊은이들 입맛에 맞춰 대량 생산한 뒤 값싸게 팔아라!' 갭과 자라와 에이치앤엠, 유니클로 등이 거의 일주일 간격으로 새로운 제품을 내놓는 패스트 패션 열풍의 주인공들이다. 이에 응대하는 소비자들의 모토. '지금 가장 '핫'한 옷을 싸게 산 뒤 한 철만 입고 과감하게 버리리라!'

하지만 온건한 환경주의자로서 패스트 패션을 소비하는 건 조금 겸연쩍은 일이다. 패스트 패션은 새로운 패션-환경 재앙의 주범 중 하나다. 한 철이면 생명이 끝나는 옷들은 옷장으로 직행한 뒤 수거함에 버려진다. 경험으로 보자면 약 70퍼센트의 옷들은 한 계절을 넘기지 못한다. 그렇게 수거된 옷들은 소각장으로 직행한다. 소각장에서 불탄 옷들은 이산화탄소를 내뿜는다. 뿜어낸 이산화탄소는 모두가 알다시피 온난화의 주범이다. 내가 버린 자라의 지난 시즌 옷들은 강릉 어부의 그물에서 최소한 수십 마리의 명태를 사라지게 만들었을 게다.

정치적으로 공정하길 원하는 패스트 패션 중독자들의 존재론적 고민은 거기서부터다. 그렇다면 대체 뭘 할 것이냐. 다행히도 그들의 얕은 고민을 해결해줄 아이템이 하나 있긴 하다. 에코백이라고 이르는, 캔버스로 만든 얇은 면 가방이다. 스스로를 '환경친화적 가방'이라 일컫는 이 면 가방은 지난해 말부터 패션계의 뜨거운 아이템으로 등극했다. 주말 저녁 홍대는 시장용 면 가방에 값비싼 지갑과 소지품을 집어넣고 우아하게 거리를 활보 중인 여인들로 가득하다. 아니 그들이 대체 언제부터 생활 속 그린피스 회원이 됐냐고? 그게 다 거대한 럭셔리 레이블들의 전략 아니겠나.

에코백 붐을 일으킨 건 영국 디자이너 아냐 힌드마치의 "나는 비닐백이 아니랍니다(I'm not a plastic bag)"라는 가방이다. 힌드마치가 환경에 기여하겠다는 목적으로 값싸게 판매한 이 면 가방을 키이라 나이틀리, 린지 로한 같은 배우들이 들고 다니기 시작했고, 그들의 사진이 인터넷에 뜨는 순간 전 세계 패셔니스타들이 가게로 달려가 "환경 가방!"을 외치며 장렬하게 무릎을 꿇은 것이다.

당신은 이렇게 생각할 수도 있다. '환경 좋아하고 자빠졌네. 이게 다 가난한 인간들의 럭셔리에 대한 갈망이 촌스럽게 폭발한 이상 고온 현상이니, 환경에도 좋을 게 없잖아!' 사실 힌드마치나 마크 제이콥스 같은 디자이너들의 에코백은 비싸지도 않다. 나에게는 5달러를 주고 산 마크 제이콥스 에코백이 하나 있다. 배송비가 15달러 들었으니 합쳐서 20달러라고 해두자. 이 백이 나에게 가져다준 마음의 평안은 두 가지다. 첫째, 럭셔리 패션을 향한 사라지지 않는 가난뱅이적 갈망의 충족. 둘째, 합성섬유로 만든 가방을 들지 않는다는 환경 보호론적 자긍심의 충족. 마크 제이콥스 가방에 오징어 젓갈을 사 담고 마트를 활보하는 즐거움은 해본 자만이 안다.

브랜드에 무심한 척 시크하게 자기만의 환경 가방을 갖고 싶다면? 인터넷 쇼핑몰에서 파는 5천 원짜리 하얀색 면 가방을 사면 된다. 거기에 김영삼 시절 대학가에서 대자보를 쓰던 경건한 심정을 되살려 이렇게 써넣으시라. '저는 비닐백이 아니랍니다. 저는 패션이 아니라 환경 때문에 이 가방을 들고 다닙니다.' 혹은, '이 환경친화적 면 가방은 원래 이명박 대운하 건설을 위한 모래 운반용으로 쓰일 예정이었습니다.'

정글짐을   돌려줘

정글짐에서 떨어졌다. 초등학교 시절 이야기다. 나는 그림을 그렸다. 매년 서울에 전국 사생대회 상을 받으러 왔던 어린이회관 뒤엔 큰 놀이터가 있었다. 큰 놀이터에는 큰 정글짐이 있었다. 시상식을 기다리다 지루해진 나는 정글짐에 올랐다. 학교 정글짐과는 비교할 수 없을 정도로 크고 높았다. 꼭대기에 올라가서 주변을 둘러보던 나는 발을 헛디뎠다. 정글짐 바닥으로 사정없이 떨어졌다.

아팠다. 팔에는 생채기가 났고 온몸은 타박상으로 욱신거렸다. 나는 아픈 몸을 툭툭 털고는 다시 시상식장으로 들어갔다. 정글짐에서 떨어진 건 그 한 번으로 끝이 아니었다. 나는 끊임없이 정글짐에 올랐고 정글짐에서 떨어졌다. 다 커서 더는 정글짐이 재미있지 않을 때까지 오르고 떨어졌다. 정글짐은 그러라고 세워진 것이다. 아이들은 떨어져서 상처

우리 이제 낭만을 이야기합시다

입을 가능성을 알면서도 오르고 또 떨어진다. 그러면서 어떻게 스스로와 남의 안전을 지키며 성장할지를 배운다.

이제 정글짐은 없다. 한국의 많은 놀이터는 2008년 '어린이놀이시설 안전관리법'의 유예 기간이 2015년 1월로 종료되면서 폐쇄 혹은 개·보수 폭탄을 맞았다. 안전기준을 통과하지 못한 놀이터들은 이용이 금지됐다. 정글짐 같은 놀이시설들은 안전하지 않다는 이유로 사라졌다. 사다리도 사라졌다. 높은 미끄럼틀도 사라졌다. 바닥의 흙은 푹신한 우레탄으로 대체됐다. 이 모든 것이 아이들의 안전을 위한 거냐고? 글쎄, 정글짐을 해체하고 우레탄을 까는 법률은 아이들을 위해서가 아니라 아이들의 안전이라는 어른들의 강박증을 치유하기 위해 만들어진 거나 마찬가지다.

난민법을 폐지해달라는 청원에 70만 명이 넘게 참여했다. 서울시청 앞에서 난민법 폐지 집회를 열 계획이라는 글도 올라왔다. SNS는 좌우, 보수와 진보에 관계없이 난민에 대한 근심과 분노로 넘쳤다. 온갖 사진들을 짜깁기한 가짜 뉴스는 이미 퍼질 대로 퍼졌다. 그 와중에 법무부는 예멘을 무비자 입국 불허 대상국에 포함하면서 "경찰 당국과 긴밀히 협력해 순찰을 강화하고 범죄를 사전에 예방하겠다"고 했다. 어떤 범죄도 저지르지 않은 난민을 일종의 '잠재적 가

해자'로 이르게 프레임화해버린 셈이다.

유엔난민기구 친선대사 정우성 씨는 한 포럼에서 "대한민
국 국민의 인권과 난민의 인권, 그중 어느 하나를 우선시하
자는 게 아니다"라고 말했다. 정부가 무비자 입국 불허 대상
국에 예멘을 포함한 것에는 "이런 식으로 난민의 입국을 제
어하는 것은 난민들이 어느 나라에서도 도움을 요청할 수
없는 결과를 초래하는 위험성이 내포된 방법"이라고도 말했
다. 인터넷에서는 이 인도주의적 말에 대해서도 비난이 쏟
아졌다. 난민을 국경으로 한 발도 들이지 못하게 하면 한국
은 혹여나 혹시나 혹 벌어질지 모른다고 머릿속으로 상상하
는 가상의 범죄들로부터 완벽한 청정국이 되는 것일까.

우리는 종종 머릿속에서 상상으로 존재하는 불안과 공포
때문에 어떤 대상을 미리 제거하거나 금지해달라고 국가에
요청한다. 그리고 한국이라는 국가는 이런 상상의 불안을
잠재우는 가장 손쉬운 방법으로 언제나 제거와 금지를 택
해왔다. 정글짐을 제거하는 것으로 근본적 문제가 해결되지
는 않는다. 정글짐과 흙이 사라진 놀이터의 아이들이 다른
국가의 아이들보다 안전하게 자란다는 보장은 없다. 한국의
아이들은 여전히 정글짐이 필요하다. 그리고, 한국은 더 많
은 정글짐을 포용할 수 있는 국가다.

우리 이제 낭만을 이야기합시다

옳은   시위와
틀린   시위

"블레어는 살인마."

그것이 문구였다. 영국 살던 시절 동네 사람들과 함께 버스를 대절해 런던에 가 미국의 이라크 침공 반대 반전 시위에 참가한 적이 있다. 당시 아홉 살 먹은 친구 아들은 "블레어는 살인마"라는 팻말을 직접 만들어 들고 시위에 함께 나섰다. 멋진 팻말이었다. 친구 아들은 의기양양해했다. 그에게는 생애 처음 참가하는 시위였다. 내 친구는 50대의 대안학교 교사였다. 그는 1960년대 온갖 인권 시위에 참여한 경험이 있는 '플라워 제너레이션'으로서, 아들의 첫 시위를 매우 자랑스러워했다. 꽃을 들고, 반전, 반산업주의, 평화, 뉴에이지 운동을 하던 세대다웠다.

수많은 사람이 영국 곳곳에서 런던으로 왔다. 그렇게 거대하면서도 자생적인 시위는 본 적이 없었다. 2003년이었다. 내가 한국에서 경험한 시위라곤 오로지 대학가 앞에서 매캐한 최루탄 연기에 눈물을 쏟는 1990년대의 시위밖에 없었다. 노무현 탄핵 반대 시위나 이명박, 박근혜 정부 아래 벌어진 몇 번의 자생적 촛불시위 시대는 아직 오기 전이었다. 나는 "블레어는 살인마" 팻말을 든 친구 아들의 손을 잡고 "블레어는 살인마!"라고 외치며 길을 걸었다.

누군가 다가왔다. 반전 시위에 참여한 50대 교수였다. 그는 친구 아들에게 이렇게 물었다.

"너 같은 친구와 함께 시위에 참여해서 영광이다. 하지만 나는 블레어가 살인마라고는 생각하지 않는단다. 너는 어떻게 생각해?"

교수는 친구 아들과 눈높이를 맞춰 앉은 채 어떠한 강압적인 태도도 없이, 진심으로 토론을 시작했다. '나의 권위로 너의 의견을 바꾸겠다'는 기운은 손톱만큼도 없었다. 자생적 시위에서 벌어지는 자생적 세대 간 토론을 보며 나는 벅차올랐다.

2017년 박근혜를 탄핵시킨 촛불시위는 하나의 통합된 움직임이 아니었다. 거기에는 더불어민주당 지지자, 바른미래당 지지자, 정의당 지지자, 녹색당 지지자가 있었다. 문재인 지지자, 이재명 지지자, 안철수 지지자가 있었다. 자유한국당 지지자도 있었다. 홍준표 지지자도 있었을지 모른다. 좌파가 있었고 우파가 있었다. 중도가 있었다. 진보가 있었고 보수도 있었다. 페미니스트인 사람도 있었고 아닌 사람도 있었다. 하나의 목표를 가지고 있었을지언정 세밀한 목적은 달랐을지 모른다.

자생적 시위란 그런 것이다. 명확한 깃발을 휘날리며 항상 듣던 진군가를 틀고 확성기로 사람들을 규합하지 않아도 시위는 수많은 다른 의견과 태도를 안고 나아간다.

사람들은 옳은 시위와 틀린 시위에 대해 이야기한다. 글쎄, 어떤 시위가 옳은 시위인가? 촛불 시위가 한창이던 때 우리는 많은 것을 함께 지적했다. 그리고 고쳐나갔다. '넌'이란 말은 서서히 구호에서 사라졌다. '미쓰 박'이라는 노래를 부르는 것이 옳은 일인가 아닌가를 두고 토론했다. 흥미로운 것은 그것이 위에서 아래로 향하는 지시에 의해 토론되고 고쳐진 것이 아니라는 사실이다.

우리는 나이, 정치적 성향, 정체성에 관계없이 시위에 참여한 서로에게 물을 수 있어야 한다. "나는 블레어가 살인마라고는 생각하지 않아, 너는 어떻게 생각해?"라고. "나는 박근혜에게 '넌'이라는 말을 붙여야 한다고 생각하지는 않아. 네 생각은 어때?"라고. "나는 그런 극단적인 혐오 표현에는 찬성하지 않아. 네 생각은 어때?"라고 말이다.

그리고 그런 시대는 곧 오게 될 것이다. 어쨌거나 지금 한국의 시위는 지난 시위의 역사와 결별하고 새로운 시대로 접어드는 중이다. 덜컹덜컹 불협화음을 내면서도 진화하고 있다.

세상은 혐오로만 넘치는 게
아니다. 사랑도 혐오도 있다.
무엇보다도 세상은 무관심으로
넘친다.

정치적으로
불공정한 웃기는   농담

친구들과 루카 구아다니노 이야기를 했다. 그의 대표작은 〈아이 엠 러브〉와 〈콜 미 바이 유어 네임〉이다. 사람들은 〈콜 미 바이 유어 네임〉을 보며 울었다지만 나는 그 영화가 기대만큼 썩 좋질 못해 안타까웠다.

그렇다. 안타까웠다. 내가 좋아할 만한 요소가 모조리 들어간 영화가 내 가슴을 적시지 못할 때면 난 늘 안타깝다. 나는 여전히 〈아이 엠 러브〉가 루카 구아다니노의 가장 아름다운 영화라고 생각한다. 그 영화가 편집과 화면발로만 빛나는 예술적 허영이라는 혹자들의 평도 이해는 한다. 나는 그런 허영에 잘 빠지는 타입인가 보다.

친구는 〈아이 엠 러브〉를 그다지 좋아하지 않았다. 지나치게 아트한 척하는 영화라고 생각했기 때문이다. 그러고는 농담을 했다.

302
우리 이제 낭만을 이야기합시다

"그래봐야 외국인 며느리 잘못 들여서 패가망신하는 다문화 가정 이야기 아니야?"

나는 주춤했다. 정적이 흐른 뒤 나는 배가 터지도록 웃었다. 그건 정말이지 정치적으로 불공정한 농담이었다. 집에 돌아가는 길에 그 문장을 떠올리는 순간 혼자 히죽히죽 웃었다. 그건 정말이지 어느 한 부분도 정치적으로 공정한 데가 없는 웃기는 농담이었으니까 말이다.

어쩌면 당신은 인상을 찌푸리고 있을 수도 있다. 그 농담이 정치적으로 불공정하다고 반감을 표할 수도 있을 것이다. 하지만 그건 친구들 사이의 농담이었다. 세상의 모든 친구와의 농지거리가 정치적으로 공정해야 할 필요는 없다. 〈아이 엠 러브〉를 두고 농담을 한 친구는 정치적으로 매우 바르고 공손한 사람이다. 외국인 노동자와 다문화 가정에 대해서도 곧은 마음을 갖고 있다. 그러나 우리는 종종 우리의 진정한 정치적 의견과 완벽하게 반대되는 농담을 가장 가까운 친구들과 서로 던지며 웃는다. 그건 정치적 불공정성에 대한 일종의 풍자 같은 것이다.

내가 가장 좋아하는 스탠드업 코미디언도 비슷한 부류다. 영국인 리키 저베이스다. 그는 영국적 독설의 천재다. 골든 글로브 시상식에서 그는 작금의 여성주의적 영화 만들기에 대해 이렇게 말했다.

"여자들이 나오는 리메이크 영화들도 있습니다. 제작사들 참 똑똑해요. 박스오피스 성적도 잘 나올 테고, 캐스팅에 돈도 많이 안 들잖아요."

이 농담에는 여러 겹의 레이어가 있다. 중요한 건 이 무례하게 들리는 농담이 남녀 배우들이 동등한 임금을 받지 못하는 현실을 절묘하게 꼬집는다는 사실이다.

그러고 보니 내가 들었던 가장 정치적으로 불공정하게 웃긴 농담은 오랜 친구가 했던 것이었다. 그는 버락 오바마가 대통령으로 선출됐다는 뉴스를 보자마자 외쳤다.

"깜X이가 대통령이 되다니 말세다, 말세!"

물론 그것은 흑인이 첫 미국 대통령이 된 것을 축하하는 동시에, 흑인은 대통령이 될 수 없다는 미국 보수주의자들의 태도를 배배 꼬아 터뜨린 농담이었다.

농담은 대개 정치적으로 불공정하다. 모든 농담이 정치적으로 공정해야 한다면 농담 자체가 사라지고야 말 것이다. 농담과 위트가 없는 세상은 지나치게 메마르지 않겠는가. 물론 그 농담은 사적인 자리에서 마음이 통하는 사람들 사이에서 은밀하게 이루어지는 것이 좋다. 우리는 리키 저베이스처럼 농담과 진담 사이의 균형을 절묘하게 타며 돈을 버는 직업적 스탠드업 코미디언은 아니니까.

진보·보수를
수술로 고칠 수 있을까?

선거는 재미있다. 언제나 사람들의 표는 절묘한 균형을 선택하기 때문이다. 누구는 '민심은 위대하다'고 했는데, 어쨌거나 요는 이거다. 진보는 보수를 없애고 싶다. 보수는 진보를 없애고 싶다. 그러나 거대한 집단지성체로서의 인간은 둘 다 없애는 일이 결코 없다. 보수와 진보는 무슨 병 같은 게 아니기 때문이다.

우디 앨런의 영화 〈에브리원 세즈 아이 러브 유〉에는 부유한 민주당 지지자 가문이 등장한다. 이 가족은 몇 대에 걸쳐서 민주당을 지지해왔다. 그런데 그 가문의 큰아들은 유독 혼자서 열렬히 공화당을 지지하는 반골이다. 그는 아버지와 만날 때마다 정치 문제를 놓고 격하게 논쟁을 벌인다. 아버지로서는 이해할 수가 없다. 리버럴한 가풍을 자랑으로 삼는 가문의 큰아들이 공화당 지지자라니, 그건 대대로 민주당 지지자인 당신 가문의 아들이 자한당 후보의 캠프에 들어가는 것과도 비슷한 일일 것이다.

〈에브리원 세즈 아이 러브 유〉는 거의 판타지에 가까운 사랑 영화다. 우디 앨런은 수많은 캐릭터가 자기만의 이야기가 있는 이 복잡한 영화의 말미에 모든 갈등을 마법처럼 그냥 해결하고 봉합해버린다. 그렇다면 공화당 지지자 큰아들은? 알고 보니 그에게는 병이 있었다. 머릿속에 종양이 있었다. 수술을 받고 머릿속 종양을 제거하자마자 큰아들은 곧바로 민주당 지지자가 된다. 그러니까 이 우디 앨런의 영화 속에서 공화당을 지지하는 것은 일종의 육체적 병인 것이다. 물론 앨런은 여기서 농담을 하는 것이니 지나치게 심각하게 받아들이면 곤란하다는 이야기는 하고 넘어가야겠다.

다만 이런 질문을 던져보자. 진보와 보수는 둘 다 일종의 (고칠 수 있는) 병에 가까운 걸까? 그러니까 강력한 진보주의자인 당신은 수많은 재난과 고난을 겪고도 왜 어떤 사람들은 계속해서 보수를 지지하는 건지 궁금할 수 있다. 강력한 보수주의자인 당신은 오래된 가치와 질서를 지켜야 할 사람들이 왜 진보를 지지하는 건지 궁금할 수 있다. 그걸 더 궁금해하다 보면 우디 앨런의 영화적 유머를 현실적으로 접합할 방식이 없는가를 고민하게 될 수도 있다. '정말 수술이

나 약으로 고칠 수 없을까?'라는 질문 말이다.

미국 공화당 의원의 56퍼센트는 기후변화를 부정하며, 보수층 일부는 기후변화를 사기라고 부른다. 과학적인 증거에 완벽하게 어긋나는 것을 강력하게 믿고 있는 셈이다. 그리고 그건 과학으로 설명할 수 있다. 캐나다 빅토리아대 환경심리학자 로버트 기퍼드는 이것이 '뇌의 확증 편향' 때문이라고 한다. 사람들은 자신의 믿음을 확인해주는 정보를 찾고, 그 정보에 도전하는 모든 것을 무시해버리는 경향이 있다는 것이다.

미국 미시간주립대학교 에런 매크라이트 박사에 따르면 종교적 근본주의자나 보수주의자는 기후변화를 부정할 가능성이 더 높다. 자, 이 글을 읽는 당신은 '그렇다면 과학적 민주적 독재 정부가 그들의 뇌를 전기로 지져서 전환시키면 어때?'라고 속으로 몰래 생각할 수도 있을 것이다. 아주 위험한 생각이다. 절대 입 밖으로 꺼내어 말하지 말라!

물론 그럴 수도 없다. 매크라이트 박사에 의하면 이것은 "애초에 과학에 관한 게 아니기 때문"이다. 그는 가장 좋은 방법으로 '문제를 이해하는 사람들이 힘을 합쳐 해결책을 찾아보는 것'이라고 제시한다. 그러니까, 과학으로 설명되는 문제를 푸는 데에도 정치가 필요하다는 이야기다.

진보와 보수가 서로를 병으로 간주하든 말든 인간의 세계는 양쪽을 왔다 갔다 하면서 끊임없이 절묘한 균형을 유지하며 시소 놀이를 할 가능성이 더 크다. 그게 나쁜가? 글쎄, 한 가지는 분명하다. 그 시소 놀이가 없어진다면 그건 아마도 '정치의 종말'일 것이다.

'월가' 아닌 우리 모두의 얼굴에 침 뱉기

뉴욕에 갔다. 마지막 날이 되자 마음이 조급해졌다. 부모님과 친구 선물을 살 수 있는 마지막 날이었다. 지갑에 들어 있는 달러를 모두 꺼냈다. 그리고 소호 거리에 있는 한 화장품 가게로 들어갔다. 핸드크림과 립밤을 이것저것 골라 계산대에 올렸는데 여전히 십몇 달러가 수중에 남았다. 점원에게 말했다.

"미안하지만 더 고를게. 이 돈은 다 써야 하거든."

점원이 다른 점원을 쳐다보며 말했다.

"세상에, 리세션(경기 침체) 이후 누가 '이 돈 다 써야 해'라고 말하는 거 처음 들어봐."

2009년이었다. 2007년 시작돼 미국 경제를 지옥으로 몰아넣은 서브프라임 모기지 사태가 겨우 마무리된 바로 그해였다.

영화 〈빅 쇼트〉는 서브프라임 사태에서 거액을 챙긴 월스트리트의 실존 인물들을 다룬 영화다. 그들은 가치가 추락하는 쪽에 집중 투자하는 '빅 쇼트'를 통해 어마어마한 거액을 챙긴 것으로 당시에도 엄청난 화제가 됐다. 그들이 투자한 것? 미국 부동산시장의 몰락이다.

간단히 당시 상황을 설명해보자. 2000년대 초반 미국은 은행 금리를 엄청나게 낮췄다. 그러자 모두가 대출로 집을 샀다. 신용도가 형편없는 사람들도 집을 샀다. 은행이 서브프라임(최하 신용등급)인 사람들에게도 대출을 뿌려댔기 때문이다.

2004년, 은행 금리는 오르기 시작했다. 이자를 부담할 수 없었던 서브프라임 등급의 대출자들은 파산을 연이어 신청했다. 그러자 대출을 해준 금융사들도 파산했다. 서브프라임 모기지론을 증권화해서 거래한 금융회사들도 이어서 파산했다. 미국이 파산했다.

〈빅 쇼트〉는 이율배반적인 할리우드 영화다. 정치적으로 따지자면 할리우드는 대체로 좌파다. 월스트리트의 추악한 욕망과 비뚤어진 시스템을 까는 데 쾌감을 느끼는 속성이 있다. 그러니 마이클 더글러스 주연의 〈월스트리트〉 이후 그토록 많은 영화가 월스트리트 은행가들을 악당으로 묘사한 뒤 처절하게 몰락시키면서 비웃었다.

동시에 할리우드는 자본의 세계다. 영화산업은 월스트리트와 매우 밀접한 관계를 맺고 있다. 월스트리트의 투자 없이 할리우드는 굴러갈 수 없다. 아주 경박하고 손쉽게 표현하자면 할리우드는 '강남 좌파' 혹은 프랑스식으로 '샴페인 좌파'다. 할리우드의 그런 내적 충돌이 대수는 아니다. 우리 모두 모른 척하지만 다 아는 사실처럼, 부유하고 리버럴한 좌파 없이 세상은, 특히 좌파는 돌아가지 않으니까.

영화의 마지막은 이렇게 끝난다.
"서브프라임 사태가 끝나자 수많은 은행가들이 구속됐고 미국 정부는 거대한 은행을 갈가리 찢어서 월스트리트를 다시 건강하게… 만들었을 거라고? 오산이다!"
서브프라임 사태로 구속된 건 단 한 명이었다. 미국 정부는 쓰러진 은행들에 수조 달러의 돈을 들이부어 회생시켰다. 시민들의 세금으로 그들을 되살렸다는 소리다. 그래서 나도 함께 분노했냐고? 아니, 비웃었다.
가만 생각해보라. 이게 다 월스트리트의 피도 눈물도 없는 돼지들이 벌인 자본주의의 추악한 서커스라고 분노하는 건 정말 단편적인 일이 될 것이다. 어차피 월스트리트는 돈을 벌 수 있을 가능성이 있는 상품을 만들었다가 무너졌고, 일종의 영웅으로 그려지는 주인공들 역시 그 허점을 이용해서 수억 달러를 번 자본가들이다. 월스트리트의 부루마불 게임에 걸려든 불쌍한 서민들? 그 서민이라는 작자들은 이자가 조금 낮아졌다고 앞도 제대로 바라보지 않고 쓸모도 없이 거대한 집들을 마구잡이로 사들이며 스스로 막대한 가계부채를 짊어진, 역시 서브프라임 사태의 죄인 중 하나다. 그러니 나에게 〈빅 쇼트〉는 월스트리트 자본주의 고발이라기보다는 극장에 앉아 있는 우리 모두의 얼굴에 침을 뱉는 신나는 조롱 극처럼 느껴졌던 것이다.

그렇다면 당시 한국은? 서브프라임 사태로부터 한국은 비교적 자유로운 편이었다. 이후 부동산 시장이 침체를 겪기는 했지만, 신용등급이 낮은 사람들에게 대출을 엄격하게 제한하는 정부의 정책은 꽤 효과가 있었다고 상찬해야 마땅하다.

앞으로의 한국은? 지난 10년간 부동산 몰락을 외쳐온 경제학자들의 말이 맞을까? 〈빅 쇼트〉를 보고 나오면서 나는 '신용등급이 형편없는 사람에게도 집값의 90퍼센트가 넘는 돈을 대출해주는 서브프라임 모기지론이 없는 한국에서는 쉽게 벌어지지 않을 일'이라고 호언장담하면서도, 갑자기 놀랄 만큼 마음이 불안해져서 평소 열어보지도 않던 부동산 관련 앱들을 다운받았다.

그렇다. 나는 작년에 아파트를 구입했다. 여의도의 한 천재적인 트레이더가 한국 부동산 몰락에 '빅 쇼트'를 했다는 소식이 들리면 나에게 제발 좀 알려달라. 누구든지 알려달라. 사례하겠다.

우주에서　　　죽은 개

처음으로 가본 테이트 모던 뮤지엄은 근사했다. 구내 서점도 근사했다. 볼프강 틸만스의 전집을 하나 샀다. 그러다가 이 책을 발견했다. '소비에트 스페이스 독스'라는 제목을 보고도 그냥 지나칠 순 없었다. 계산하러 매대에 가니 직원이 반색했다.

"나도 정말 좋아하는 책이야. 특히 디자인이 정말 멋지지 않니?"

나는 답했다.

"맞아. 그런데 슬퍼. 그래서 사는 거야."

점원은 이해한다는 표정을 지으면서도 여전히 이 책의 디자인적 근사함에 대해 침이 마르도록 칭찬을 쏟아냈다.

《소비에트 스페이스 독스》는 제목 그대로, 소비에트 시절 우주 개발 경쟁에 활용된 거리의 개들에 대한 책이다. 그들의 활약을 담은 당시의 선전 엽서 등을 모아놓았다. 1950년대 소련과 미국은 우주 개발 경쟁을 벌이고 있었다. 로켓과 위성이 매년 우주로 쏘아 올려졌다. 문제는 인간이 과연 우주 공간으로 나갈 수 있느냐였다.

인간으로 실험을 할 수는 없다. 만약 당신이 우주 개발을 하는 과학자고, 인간 대신 우주 공간으로 쏘아 올릴 수 있는 동물을 찾는다면? 냉정하고 과학적이고 생물학적으로 따지자면 그건 역시, 개일 수밖에 없었다. 1957년 인류 최초의 인공위성 스푸트니크 1호를 쏘아 올린 소련은 2호에는 개를 태우기로 했다. 과학자들은 모스크바 거리를 떠돌던 개 중에서 '라이카'를 선택했다. 가장 똑똑하고 적응력이 좋고, 사람을 잘 따른다는 이유에서였다. 라이카는 거의 움직일 수 없을 만큼 좁은 공간에서 맥박과 체온 등을 잴 수 있는 전극이 주렁주렁 달린 채 우주로 쏘아 올려졌다. 발사는 성공적이었다. 소련은 환호했고 전 세계는 놀라워했다.

라이카는 돌아오지 못했다. 사실, 돌아오지 못할 운명이었다. 스푸트니크 2호에 지구로 귀환하는 장치 따위는 원래 없었다. 소련의 발표에 따르면 라이카는 일주일을 생존한 뒤 미리 준비된 독극물 주사를 맞고 평온하게 숨을 거뒀다. 라이카는 소련의 우주과학을 전 세계에 알리고 인도적으로 목숨을 잃은 영웅이 됐다. 라이카를 기리는 포스터, 노래, 엽서는 당대 소련의 아이들에게 가장 고귀한 선물이었다. 그러나 지난 2002년, 라이카가 위성 발사 5시간여 만에 고온을 견디지 못하고 죽었다는 자료가 공개됐다. 인도적인 죽음도, 영웅적인 죽음도 아니었다.

라이카만이 유일한 '소비에트 스페이스 독'인 것은 아니다. 1960년 8월에는 '벨카'와 '스트렐카'라는 이름의 개 두 마리가 스푸트니크 5호를 타고 우주로 날아갔다. 두 개는 살아남았고, 하루 만에 지구로 귀환했다. 스트렐카는 지구로 돌아온 뒤 새끼도 낳았다. 그중 한 마리는 미국 케네디 대통령에게 선물로 보내졌다.

1960년 12월에는 개 '프첼카'와 '무슈카'가 우주로 쏘아 올려졌다. 두 개는 지구로 귀환 중 불에 타서 죽었다. 소련이 우주로 보낸 개 중 죽은 개는 모두 다섯 마리다. 그들은 모두 아름다운 선전용 엽서에 담겼다.

《소비에트 스페이스 독스》에 담긴 소비에트 시절의 엽서들은 아름답다. 만약 당신이 빈티지 엽서 애호가라면 이 책이 소개하는 모든 프로파간다 엽서들을 수집하고 싶어 안달이 날 것이다. 나도 구하고 싶다. 아름답기 때문이다.

하지만 내가 그 엽서들을 방에 붙여놓을 수 있을지는 장담할 수 없다. 아름다운 엽서 속 개들은 고통스럽고 외롭게 우주에서 홀로 죽었다. 당대의 사람들은 그 사실을 몰랐다. 왜냐면, 개들은 소비에트의 위대한 우주적 업적을 수행한 영웅이어야만 했기 때문이다.

물론, 반세기 전 사람들이 어떠한 죄책감도 느끼지 못했던 건 아니다. 지난 1998년, 스푸트니크 2호의 발사에 참여했던 과학자는 "아직도 라이카의 죽음을 정당화할 방법을 도저히 모르겠다"라고 털어놓았다. 또 다른 과학자는 "죽어서 라이카를 만난다면 미안하다는 말을 꼭 해주고 싶다"라고 말했다. 인류의 과학적 목표와 순수한 양심의 충돌은 라이카를 쏘아 올린 그날부터 수많은 비글을 실험실에 가둬둔 지금까지 계속된다.

나는 아직도 라이카가 우주 어딘가에 살아 있다는 상상을 종종 한다. 우주는 외로운 곳이지만 라이카는 프첼카와 무슈카를 만나서 함께 우주를 떠돌고 있을지도 모른다. 뻔할 정도로 동화 같은 소리라고? 하지만 나는 라이카라는 한 마리 개의 이름이 지탱하고 있는 이토록 우주적인 슬픔을 극

복하는 가장 현실적인 방법을 아직도 찾지 못했다. 방법을
아는 분이 있다면 나에게 제발 말을 해달라.

우리 이제 낭만을 이야기합시다

인간은 균질한 길을 걸어가는
존재가 아니다. 끊임없이 둔덕을
올랐다 내렸다 새 길을 찾아가는
존재다.

신경질적인 도시를 사랑하며 사는 법

우리 이제 낭만을 이야기합시다

초판 1쇄 발행 2019년 3월 28일
초판 7쇄 발행 2021년 9월 7일

지은이 김도훈
펴낸이 권미경
기획편집 김남혁
마케팅 심지훈, 박지윤
디자인 this-cover.com
펴낸곳 (주)웨일북
등록 2015년 10월 12일 제2015-000316호
주소 서울시 마포구 월드컵로32길 22, 비에스빌딩 5층
전화 02-322-7187 **팩스** 02-337-8187
메일 sea@whalebook.co.kr **페이스북** facebook.com/whalebooks

ⓒ 김도훈, 2019
ISBN 979-11-88248-81-0 03810

소중한 원고를 보내주세요.
좋은 저자에게서 좋은 책이 나온다는 믿음으로, 항상 진심을 다해 구하겠습니다.

이 도서의 국립중앙도서관 출판예정도서목록(CIP)은
서지정보유통지원시스템 홈페이지(http://seoji.nl.go.kr)와
국가자료공동목록시스템(http://www.nl.go.kr/kolisnet)에서 이용하실 수 있습니다.
(CIP제어번호: CIP2019007447)